BERNARD St JOHN

Notre-Dame de Pellevoisin

GABRIEL BEAUCHESNE, Éditeur, 117, Rue de Rennes.
1912

Notre-Dame de Pellevoisin

BERNARD St JOHN

Notre-Dame de Pellevoisin

EXTRAIT

de

l'Épopée Mariale EN FRANCE AU XIXe SIÈCLE

Ouvrage présenté au Congrès marial de Rome, 1904, et honoré des félicitations du Saint-Père.

PARIS
GABRIEL BEAUCHESNE, ÉDITEUR
117, RUE DE RENNES, 117

1912

Nihil obstat :

W. H. Kent, O. S. C.

Imprimatur :

P. Canon Fenton
Vicar-capitular.

Archbishop's House, Wesminster
8th August, 1903.

IMPRIMATUR :

Parisiis, die 12 Maii 1905

G. Lefebvre,
V. G.

NOTRE-DAME DE PELLEVOISIN

CHAPITRE PREMIER

Après la guerre de 1870 et les horreurs de la Commune, la France se relevait et l'espoir renaissait dans tous les cœurs. Dieu, qui n'aurait pas détruit Sodome s'il y avait trouvé dix justes, regarda la France et en trouva davantage. Ceux-ci virent dans les vicissitudes qui venaient d'accabler leur pays un châtiment divin, et de leur cœur sortit au nom de la patrie une grande promesse de repentir et d'expiation.

De là, le mouvement connu sous le nom du Vœu national et dont le premier acte important fut de poser sur la colline de Montmartre les fondements d'une église en l'honneur du Sacré-Cœur de Jésus. Cette église, par les paroles inscrites sur sa façade : *Sacratissimo Cordi Christi Jesu Gallia pœnitens et devota*, devait dire aux âges futurs le motif de sa construction.

Le nouvel élan donné ainsi à la dévotion au Cœur de Jésus coïncidait avec le grand mouvement de pèlerinages qui remuait la France religieuse d'une manière si remarquable en ce moment. Si c'est à l'écrasement d'un peuple, résultat de la guerre et de la Commune, qu'il faut attribuer, entièrement ou en partie, cet élan de dévotion des catholiques français, il est juste de dire que le terrain se préparait depuis longtemps.

Pendant que la France palpitait d'une nouvelle vie religieuse, grâce au réveil de la dévotion à Marie commencé en 1830, réveil que devait stimuler dans la suite de grands centres de piété tels que La Salette, Lourdes, etc., on en vit surgir à son heure une nouvelle source très modeste à l'origine, mais destinée, il semble, à une mission toute spéciale. Et, cette mission était si bien remplie que, selon les paroles d'un écrivain des temps récents, la dévotion au Cœur de Jésus, grâce à son action, avait fait plus de progrès en trente ans qu'elle n'en avait fait dans les deux siècles précédents. Nous parlons de la dévotion à Notre-Dame du Sacré-Cœur, ayant son siège à Issoudun.

En examinant les résultats de cette dévotion sous le second Empire, il est facile de voir comment le terrain avait été préparé pour la splendide manifestation en l'honneur du Cœur de Jésus, qui éclata parmi les catholiques français après la guerre avec l'Allemagne.

Afin que le lecteur puisse constater avec nous ce que nous croyons être l'action toute spéciale du ciel dans l'origine de cette dévotion, nous jetterons un regard en arrière. Vers l'année 1849, il y avait, au séminaire de Bourges, trois jeunes clercs qui se consacrèrent à honorer d'une manière particulière le Cœur de Jésus et la sainte Vierge. Ils reçurent les ordres, et partirent, chacun dans une voie différente.

En 1854, deux d'entre eux se retrouvèrent à Issoudun, comme vicaires à la même église.

Le vœu qu'ils avaient fait au séminaire les préoccupait toujours et pour réaliser leur dessein, ils songèrent à fonder d'abord une société de missionnaires. Mais comment réaliser un pareil projet puisqu'ils ne possédaient ni argent ni relations?

Ils trouvèrent enfin une solution à cette question difficile. Le moment fixé pour la promulgation du dogme de l'Immaculée Conception approchait. « Faisons une neuvaine à la sainte Vierge, se dirent-ils. Les circonstances ne sauraient être plus favorables. Bientôt l'Église la proclamera *Immaculée.* Demandons-lui comme premier fruit de cette gloire incomparable, qui va couronner son front, d'obtenir du Cœur de Jésus la fondation de notre société. Si elle nous exauce, nous prenons dès aujourd'hui l'engagement de la faire honorer d'une *manière spéciale* ; si au contraire, le ciel reste sourd à nos vœux, nous en conclurons que cette œuvre n'entrait point dans les desseins de la divine Providence, et nous n'y penserons plus. »

Les deux jeunes prêtres commencèrent donc leur neuvaine. La réponse se fit entendre le 8 décembre 1854, et au moment même de la promulgation à Rome du dogme de l'Immaculée Conception. A cette heure à jamais mémorable, un des vicaires fut appelé au presbytère.

Un visiteur l'attendait et lui dit : « Monsieur l'abbé, je viens vous annoncer une heureuse nouvelle. Une personne étrangère à la localité, et qui tient à rester inconnue, vous offre une somme de 20.000 francs pour établir une bonne œuvre. —

Quelle bonne œuvre ? demanda le prêtre. — Celle que vous voudrez, répondit-on. Cependant, une maison de missionnaires sourirait assez au bienfaiteur. »

Ce bienfaiteur était l'abbé de Champgrand, du diocèse de Paris, et prêtre de Saint-Sulpice.

En apprenant cette heureuse nouvelle, le vicaire se mit à la recherche de son confrère et ami et le trouva en prières, devant une statue de la sainte Vierge. « Venez vite, lui dit-il, j'ai quelque chose d'important à vous dire. — Et moi, répondit l'autre, j'ai aussi quelque chose à vous dire ; j'ai la conviction que nous sommes exaucés ; la sainte Vierge vient de me le faire connaître. »

Ainsi fut établie une nouvelle forme de dévotion à la sainte Vierge — celle de Notre-Dame du Sacré-Cœur, ayant son siège à Issoudun.

Le jeune prêtre appelé au presbytère par le mystérieux visiteur est devenu depuis le révérend Père Chevalier, fondateur et supérieur de la congrégation des Missionnaires de Notre-Dame du Sacré-Cœur d'Issoudun.

Cette œuvre, née évidemment de la prière, prospéra, non seulement au point de vue spirituel, mais encore matériellement, de sorte qu'au moment où l'on posa les fondations de l'église du Vœu national, elle possédait à Issoudun un temple magnifique, déjà élevé à la dignité de basilique romaine, avec cent lampes brûlant devant le maître-autel, tandis que ses missionnaires se répandaient dans le monde entier, réunissant sous un seul vocable la dévotion à la sainte Vierge et au Sacré-Cœur de Jésus.

Nous nous étendons avec intention sur cette forme particulière de dévotion à Marie, parce qu'elle nous semble avoir une place spéciale dans le grand mouvement religieux de notre temps. De plus, à en juger par les événements qui suivirent, elle nous paraît dès son origine comme la messagère de quelque chose qui devait exprimer d'une façon plus concrète et plus tangible une idée maîtresse, comprise dans les seuls mots : Notre-Dame du Sacré-Cœur. Quoi qu'il en soit, à l'époque dont nous parlons, c'est-à-dire au moment du renouveau religieux en France suivant de près la guerre franco-allemande, le monde catholique, grâce à l'action des missionnaires d'Issoudun, avait été familiarisé avec une invocation qui renferme plus parfaitement qu'aucune autre l'idée de l'empire de Marie sur le Cœur de Jésus et qui par conséquent exprime mieux que toute autre l'esprit de l'enseignement de l'Église, au sujet de la puissance d'intercession de la sainte Vierge. Cette idée allait être mise en évidence et confirmée par des événements actuels.

Nous voici arrivé à l'événement de l'histoire religieuse contemporaine connu sous le nom des apparitions de Pellevoisin. A la suite et comme conséquence directe de ce fait, une association allait s'établir, d'abord comme confrérie et plus tard comme archiconfrérie, dont le signe distinctif devait être un scapulaire du Sacré-Cœur se réclamant d'une origine révélée. Cette association devait être enrichie d'indulgences, se répandre dans le monde entier, et marquer sa route par une action bienfaisante sur les âmes, aussi bien que par des guérisons matérielles remarquables. Et vingt-quatre ans après sa naissance, Rome prendrait son scapulaire et l'approuverait canoniquement, comme le premier scapulaire complet du Sacré-Cœur de Jésus. Il faut constater ici que le Saint-Siège, sans mentionner dans l'acte officiel le nom de Pellevoisin, spécifia l'année 1876 comme la date de l'origine du nouveau scapulaire.

D'où venait-il ? pourrait-on demander. Il avait été révélé au monde par une humble servante, Estelle Faguette, qui l'aurait connu elle-même dans une des quinze apparitions de la sainte Vierge dont elle se disait favorisée.

L'Église, par la voix de l'autorité ecclésiastique, ne s'est pas encore prononcée au sujet de ces apparitions, agissant en cela comme elle avait agi pendant soixante ans pour la sœur Catherine Labouré, et la Médaille Miraculeuse.

Mais d'un autre côté, elle n'a pas cessé de favoriser la dévotion, qui fut la conséquence presque immédiate des événements survenus à Pellevoisin en 1876. C'est avec intention que nous disons que l'Église a favorisé dès le début cette dévotion, d'abord en lui donnant toutes les occasions de prouver ses droits à l'existence; ensuite en répandant sur elle de nombreuses et importantes indulgences; et en dernier lieu, par l'acte signalé d'approbation canonique du scapulaire en 1900. Deux Souverains Pontifes : Pie IX et Léon XIII, l'ont regardée avec bienveillance et l'ont approuvée par des actes. Deux archevêques de Bourges, lui ont prêté le concours de leur influence et de leur protection. Le premier de ces prélats, Mgr de la Tour-d'Auvergne, créa l'association de Notre-Dame de Pellevoisin et, dans l'automne de la même année, debout devant la porte de la chambre des apparitions, alors transformée en chapelle, et s'adressant aux habitants de trois paroisses réunies, il remercia le ciel d'avoir choisi le diocèse de Bourges pour être le théâtre de cette nouvelle manifestation de la Vierge Marie en France. Son successeur, Mgr Marchal, se contenta de laisser à la nouvelle dévotion une « liberté salutaire », pour se servir des paroles de Mgr Servonnet, l'archevêque actuel de Bourges. Mgr Boyer qui succéda à Mgr Marchal fit davantage : il obtint de Rome que la confrérie fût élevée au rang d'archiconfrérie, avec les indulgences importantes dont nous avons parlé. En ce moment, c'est-à-dire au commencement du vingtième siècle, l'archiconfrérie compte plus de 400.000 membres.

Nous nous occuperons maintenant des événements de 1876, connus sous le nom d'apparitions de Pellevoisin.

En traitant cette partie de notre récit, nous puiserons largement dans un petit manuel intitulé : *Notre-Dame de Pellevoisin*, composé par l'abbé Salmon, curé de Pellevoisin, et publié en 1877 avec l'autorisation de l'Ordinaire de Bourges.

Ce minuscule ouvrage a reçu l'approbation des différents prélats qui se sont succédé sur le siège archiépiscopal de Bourges depuis trente ans. Dans la lettre d'approbation de Mgr Boyer, datée du 30 août 1895, nous lisons :

« Cette notice est destinée à répandre de plus en plus la connaissance des motifs sur lesquels repose la confiance en Notre-Dame de Pellevoisin. »

Mgr Servonnet, l'archevêque actuel, s'exprimait ainsi à la date du 14 octobre 1897 : « Nous approuvons et recommandons cet opuscule dans les mêmes termes et pour les mêmes motifs que notre éminent prédécesseur le cardinal Boyer. »

Tout ce que nous citons dans cet ouvrage des récits d'Estelle a été pris dans la brochure dont nous venons de parler.

Il faut ajouter que l'auteur a vécu à Pellevoisin, afin de pouvoir prendre des informations à la source primitive.

Pellevoisin, petit bourg du département de l'Indre, sans être trop élevé, domine pourtant une magnifique étendue de pays. Son église paroissiale est dédiée à saint Martin, et possède une abside d'une exquise beauté datant du XIIe siècle. Mais ce n'est point vers ce monument, aux proportions parfaites, que se dirigent les pèlerins en arrivant. Non, leur première pensée est pour une chapelle en miniature, située à un jet de pierre de l'église et où se trouve une statue de la sainte Vierge enguirlandée de roses.

Fermant les yeux pour le moment sur tout ce qui est du présent, nous allons essayer d'envisager cet endroit tel qu'il était au printemps de 1876.

Alors, la chapelle d'aujourd'hui n'était qu'une pauvre chambre où, à juger selon les apparences, mourait lentement une malade. Elle se nommait Estelle Faguette, et était âgée de trente-deux ans. Depuis douze ans, elle était au service de la famille du comte Arthur de La Rochefoucauld, et s'était montrée infatigable dans l'accomplissement de ses devoirs, jusqu'au moment où une maladie grave l'avait terrassée, au printemps précédent. Ses maîtres, avant de quitter leur château de Poiriers pour rentrer à Paris au mois de janvier

1876, l'avaient installée dans une de leurs maisons à Pellevoisin, en l'entourant de bons soins.

Ils l'avaient placée là, comme ils le croyaient, pour mourir, persuadés qu'ils étaient que sa fin était proche.

Le comte de La Rochefoucauld avait même chargé M. le curé de Pellevoisin d'acheter le terrain pour sa tombe.

Estelle Faguette, à l'époque dont nous parlons, était arrivée à la dernière période de la phtisie, et son état se compliquait d'une péritonite aiguë. Elle souffrait de plus d'une tumeur abdominale qui datait de douze ans.

Un médecin de Paris, le Dr Bucquoy, avait dit à la comtesse quelques mois auparavant, que cette pauvre servante se mourait de la poitrine et que son état ne laissait pas d'espoir. Au mois de décembre précédent, le Dr Bénard, de Buzançais, qui la soignait par intervalles, depuis des années, la considérant comme absolument perdue, l'avait abandonnée.

Nous sommes au 10 février. Ce jour-là, la malade, ayant exprimé le désir de revoir le Dr Bénard, celui-ci refusa de se rendre auprès d'elle, alléguant qu'il ne pouvait plus lui être utile et qu'il était malade lui-même. Il ajoutait, non sans une certaine bonhomie, qu'il avait autre chose à faire que d'entreprendre des voyages au loin dans le seul but de consoler ses malades. On fit alors demander le Dr Hubert, également de Buzançais, qui se rendit à Pellevoisin le jour même. Celui-ci, voyant Estelle pour la première fois, s'étonna qu'on l'eût fait venir de si loin pour une personne à qui évidemment l'art médical ne pouvait plus profiter. Il l'examina pourtant et déclara ensuite que ses poumons n'étaient que des cavernes.

« Inutile de la torturer avec des remèdes, dit-il, puisqu'elle n'a plus que quelques heures à vivre. » Il consentit cependant à faire une ordonnance. En la remettant à la religieuse qui soignait la malade, ses paroles furent celles-ci : « La dose pourra vous servir pour cinq heures. Mais à la deuxième ou troisième heure, vous n'en aurez plus besoin. » Cette religieuse était la sœur Marie-Théodosie, supérieure de la Communauté de *Sainte-Anne de la Providence de Saumur*, établie à Pellevoisin.

Au lieu de mourir cette nuit comme le médecin l'avait prédit, et comme son entourage l'attendait, Estelle Faguette devait flotter entre la vie et la mort pendant neuf jours, et ensuite être guérie d'une manière aussi inexplicable, selon les lois de la nature, que toutes les grandes guérisons miraculeuses connues. De plus sa guérison devait être précédée et suivie de circonstances qui lui donnent une place à part parmi les phénomènes les plus remarquables de ce genre.

Estelle avait entendu les paroles du docteur prédisant qu'elle n'avait que quelques heures à vivre ; et elle était parfaitement résignée à mourir.

Il serait à propos de jeter ici un regard sur le passé et sur la vie intérieure de cette femme qui allait être l'objet d'une intervention si directe du ciel.

Une grande simplicité de caractère, un profond sentiment de son devoir filial, et une solide piété avaient distingué Estelle Faguette dès son enfance.

Ses parents qui étaient très pauvres avaient de bonne heure quitté la campagne pour venir s'établir à Paris; et nous voyons Estelle, encore enfant, travailler durement pour gagner son pain dans la grande ville. Sous l'influence des sœurs de Saint-Vincent de Paul de la paroisse de Saint-Thomas d'Aquin, sa piété naturelle augmenta, et elle devint, encore très jeune, enfant de Marie.

Un peu plus tard des signes de vocation religieuse se découvrirent en elle. Et un peu plus tard encore, c'est-à-dire à l'âge de dix-sept ans, avec le consentement de ses parents obtenu non sans peine, elle entra au noviciat des religieuses Augustines de l'Hôtel-Dieu. Le trousseau qu'elle y apporta était un don de M. Le Rebours, alors vicaire à Saint-Thomas d'Aquin, qui allait sous peu devenir curé de la Madeleine.

A l'Hôtel-Dieu donc, et, de la manière la plus édifiante, Estelle fit pendant trois ans l'apprentissage de la vie religieuse. Au bout de ce temps, sa santé s'altéra et elle se fit une grave blessure à la jambe, de sorte qu'au lieu de s'y revêtir de l'habit religieux comme elle l'aurait voulu, elle quitta l'Hôtel-Dieu, marchant à l'aide de béquilles.

Peu de temps après, grâce à la protection des sœurs de Saint-Vincent de Paul avec qui elle était en si bonnes relations, elle entra comme domestique au service de la comtesse Arthur de La Rochefoucauld, mais toujours marchant avec des béquilles. Sa jambe se remit à la longue, mais sa santé devait rester ébranlée. Une tumeur commençait à la miner, et aussi une péritonite qui allait devenir chronique et l'accabler par intervalles. Entre temps, elle pouvait remplir ses devoirs, et d'une manière parfaite. Son travail ordinaire était celui d'une femme de chambre. A cette époque, c'était une jeune fille blonde, de bonne tenue, et d'un aspect agréable. D'un caractère essentiellement pratique et douée de beaucoup de bon sens, il n'y avait rien en elle qui indiquât la rêveuse et la visionnaire, tandis que le peu de lecture qu'elle avait le temps de faire n'était pas d'un genre mystique.

Elle dépensait ses gages en faisant vivre à ses frais ses vieux parents, et en venant en aide à d'autres membres de sa famille. Lorsque dans l'été de 1875 une maladie mortelle l'eut terrassée, sa plus vive angoisse avait été causée par la pensée de son père et de sa mère. Qu'allaient-ils devenir sans elle? se demandait-elle.

L'automne suivant, au château de Poiriers près de Pellevoisin, où elle se trouvait avec ses maîtres, elle écrivit sous forme de lettre les tourments que lui causaient son état et la situation précaire de ses parents. Incapable de marcher, elle ne pouvait, comme elle l'aurait voulu, placer la petite missive sous une pierre, aux pieds de la statue de Notre-Dame de Lourdes, dans une jolie grotte de Massabieille en miniature qui avait été élevée dans le parc du château.

Mais une autre personne l'y plaça pour elle.

Avant d'écrire cette lettre, elle avait fait neuvaine sur neuvaine à celle que l'Église nomme le Secours des Chrétiens, et la Consolation des Affligés.

Dans ce document, nous lisons :

« Vous n'avez pas oublié que je suis votre fille et que je vous aime. Accordez-moi de votre Divin Fils la santé de mon pauvre corps pour sa gloire. Regardez donc la douleur de mes parents. Vous savez bien qu'ils n'ont que moi pour ressource. Ne pourrai-je pas achever l'œuvre que j'ai commencée? Si vous ne pouvez, à cause de mes péchés, obtenir mon entière guérison, vous pouvez du moins m'obtenir un peu de force, pour pouvoir gagner ma vie et celle de mes parents. Vous voyez, ma bonne mère, ils sont à la veille de falloir mendier leur pain. Rappelez-vous donc les souffrances que vous avez endurées la nuit de la naissance du Sauveur, lorsque vous fûtes obligée d'aller de porte en porte demander asile! Rappelez-vous aussi ce que vous avez souffert quand Jésus fut étendu sur la croix. J'ai confiance en vous, ma bonne mère. Si vous le voulez, votre Fils me guérira. Il sait que j'ai désiré vivement d'être du nombre de ses épouses, et que c'est en vue de lui être agréable que j'ai sacrifié mon existence à ma famille, qui a tant besoin de moi.

« Daignez écouter mes supplications, ma bonne mère, et les redire à votre Divin Fils. Qu'Il me rende la santé, si tel est son bon plaisir; mais que sa volonté soit faite, et non la mienne. Qu'Il m'accorde au moins une résignation entière à ses desseins, et que cela serve à mon salut et à celui de mes parents. Vous possédez mon cœur, Vierge Sainte; gardez-le toujours, et qu'il soit le gage de mon amour et de ma reconnaissance, pour vos maternelles bontés. »

C'est dans cet état de résignation, devenue plus parfaite encore pendant les semaines suivantes, que nous trouvons Estelle, dans la nuit du 10 février, quand le médecin déclara qu'elle n'avait plus que deux ou trois heures à vivre.

Trois jours plus tard, le 13 février, elle demanda à M. le curé de Pellevoisin d'écrire à sa maîtresse alors à Paris, pour la prier de faire brûler pour elle un cierge à Notre-Dame des Victoires et un autre à la chapelle de Notre-Dame de Lourdes dans l'église des Pères Jésuites, rue de Sèvres. Au jour indiqué les cierges brûlèrent à Paris à l'intention de la malade.

Ce fut la nuit suivante qu'eut lieu la première des apparitions qui ont fait entrer le nom de Pellevoisin dans l'histoire religieuse de notre temps. Les cinq premières manifestations se succédèrent cinq nuits de suite.

Nous en parlerons en détail plus tard. Il suffit pour le moment de dire que leur but principal fut d'annoncer à Estelle Faguette sa guérison prochaine. Chaque matin, elle mettait au courant de sa vision M. l'abbé Salmon, curé de Pellevoisin, qui était en même temps son directeur spirituel. Le jeudi elle lui annonça qu'elle serait morte ou guérie, le samedi suivant.

Le prêtre crut d'abord qu'il entendait une hallucination de mourante. Et il fut encore plus de cet avis le vendredi lorsque la malade l'informa qu'elle avait de nouveau vu la sainte Vierge et que celle-ci lui avait annoncé sa guérison pour le lendemain samedi.

M. le Curé lui répondit :

« Hier, vous m'avez dit que vous seriez morte ou guérie samedi. Aujourd'hui, vous m'annoncez que vous serez guérie ; demain, que me direz-vous ? »

L'abbé Salmon était évidemment sceptique, et devait le rester encore quelque temps, sans se départir, cependant, de sa bonté pour la malade. En même temps les révélations d'Estelle devenaient tellement saisissantes et prenaient une portée si particulière qu'il crut prudent de les confier à certaines personnes de son entourage, y compris les religieuses de Pellevoisin. C'est ainsi que plusieurs se trouvèrent informés de la déclaration de la malade, concernant sa guérison pour le samedi.

La nuit du vendredi arriva. Estelle était au plus mal, et les personnes qui l'entouraient croyaient que vraiment cette fois l'agonie commençait. On discutait même à voix basse des détails concernant son ensevelissement. Le curé était là et du même avis que les autres. Lui non plus ne croyait pas que celle qui agonisait sous ses yeux verrait le lendemain. Évidemment la guérison prédite ne comptait pas pour grand'chose dans ses calculs. Il partit, promettant de revenir à la première heure, le matin suivant, pour apporter le Saint Viatique à Estelle si elle était encore en vie.

Et elle était encore en vie. « Je suis guérie », furent les paroles par lesquelles elle salua le prêtre quand il entra dans sa chambre de grand matin. Lui, étonné, écouta et regarda. Comme preuve de la vérité de ce qu'il venait d'entendre il n'avait que l'affirmation d'Estelle. Il la voyait couchée ; et son bras droit était toujours paralysé et enflé du double de sa grosseur naturelle comme il l'avait été depuis quelques jours. L'homme de Dieu avait douté ; et il doutait encore. Il partit pour dire sa messe à l'église paroissiale, avec promesse de revenir à sept heures et demie, apporter la sainte Communion à Estelle Une idée lui avait traversé l'esprit et il l'avait exprimée en ces termes avant de quitter la malade :

« La sainte Vierge peut bien vous guérir, si elle veut ; mais pour nous prouver que tout ce que vous nous avez dit n'est pas une illusion, aussitôt que vous aurez communié, vous essaierez de faire le signe de la croix de la main droite ; et si vous le faites bien, ce sera le signe que la sainte Vierge veut bien vous guérir. »

L'abbé Salmon revint à l'heure indiquée, et Estelle communia en présence de douze personnes environ. Après s'être agenouillé en prières quelques instants, le prêtre lui dit de faire le signe de la croix avec sa main droite. Elle le fit, à l'étonnement de tous, en levant son bras inerte et enflé.

« Je suis guérie ; je sens que je suis guérie », dit-elle. Dès lors elle pouvait se servir librement de son bras droit et on se rendit compte que le membre était revenu presqu'à l'instant à sa grosseur normale.

On constata que vers le même moment la tumeur dans le côté droit, dont elle avait souffert si longtemps et qui avait beaucoup augmenté dernièrement, avait disparu aussi. Mais la guérison radicale de cette mourante — de cette phtisique au dernier degré — s'était opérée dans la nuit. A l'instant même où elle s'accomplissait, la malade se rendait compte de ce qui se passait en elle. Toute douleur avait instantanément cessé, le corps émacié et désorganisé avait reçu un effluve de vie nouvelle, et les poumons, qui d'après un double témoignage médical n'existaient pour ainsi dire plus, s'étaient subitement et entièrement reconstitués. Ce jour-là,

Estelle Faguette, gaie et joyeuse, se leva, s'habilla seule, et mangea de bon appétit une nourriture solide. Du lapin et du bouilli même entrèrent dans le menu de celle qui depuis des semaines n'avait pu se nourrir que de liquide, pris par cuillerées et de loin en loin.

« Ce qui m'a peut-être le plus frappée, déclara la supérieure des sœurs, c'est le passage subit de ce visage cadavérique à la fraîcheur de la santé. »

Les deux médecins de Buzançais qui avaient soigné Estelle Faguette rendirent témoignage du caractère extraordinaire de sa guérison. Le Dr Bénard affirma qu'elle était de nature à renverser tous les pronostics de la médecine, et le Dr Hubert, dans une lettre à Mme la comtesse de La Rochefoucauld, la déclara « en dehors des lois de la nature ».

Un troisième médecin examina Estelle après sa guérison et en rendit témoignage. Ce fut le Dr Bucquoy qui l'avait condamnée à Paris l'année précédente et qui avait alors dit à Mme la comtesse de La Rochefoucauld : « Cette fille sera incapable de vous rendre aucun service et s'en ira peu à peu. Il ne faut pas oublier que c'est une phtisique. » Ce docteur, aujourd'hui membre de l'Académie de médecine et officier de la Légion d'honneur, délivra au président de la commission d'enquête, établie pour étudier l'événement de Pellevoisin, le certificat suivant :

« Paris, 27 janvier 1877.

« Monsieur le Vicaire général,

« Il m'est extrêmement facile de vous donner tous « les renseignements que vous me demandez relati- « vement à Estelle Faguette. Vous rappelez exacte- « ment, dans votre lettre, les faits dont j'ai été « témoin, pendant que j'ai donné des soins à cette « fille, en 1875.

« La maladie dont elle était atteinte était bien « une péritonite chronique, c'est-à-dire tuberculeuse, « avec localisation spéciale, sous forme de tumeur, « assez volumineuse, dans la fosse iliaque gauche. « Les premiers accidents de la maladie furent « d'abord des poussées inflammatoires, d'un carac- « tère subaigu dans le bas-ventre, du côté gauche, « puis la généralisation de la péritonite. Dans cette « seconde période, la poitrine se prit sérieusement « et le sommet du poumon droit présenta des carac- « tères non douteux de tuberculisation, de marche « assez rapide.

« Je ne doutai pas alors que la maladie ne fît de « constants progrès et ne se terminât dans un délai « plus ou moins rapproché par la mort.

« Malgré le démenti qu'ont reçu mes prévisions, « mes appréciations ne sont aucunement modifiées, « et je continue à considérer comme tout à fait extra- « ordinaire la guérison d'Estelle, étant donné les « conditions dans lesquelles elle se trouvait, lorsque « je la vis pour la dernière fois.

« Il n'est pas rare de voir la péritonite, même

« tuberculeuse, lorsqu'il y a déjà de graves lésions « dans les poumons, subir un temps d'arrêt ; quel- « quefois même, *mais très exceptionnellement*, elle « peut se terminer par la guérison. J'en connais « deux ou trois cas pour ma part, et je puis dire « que, sous ce rapport, j'ai été en quelque sorte pri- « vilégié. Mais la nature de la maladie et les « lésions qu'elle comporte excluent l'idée d'une gué- « rison rapide et nécessitent une longue convales- « cence.

« Tel ne paraît pas être le cas d'Estelle Faguette; « et ce qui n'est pas moins extraordinaire que sa « rapide guérison, c'est l'état parfait de santé dans « lequel je l'ai trouvée aujourd'hui.

« J'ai soumis cette fille à l'examen le plus minu- « tieux, et je dois à la vérité de déclarer qu'il faut « savoir qu'elle a été malade pour retrouver des « indices de sa maladie antérieure.

« Toutes les fonctions s'accomplissent avec une « intégrité parfaite ; elle a pris un embonpoint que « je ne lui ai jamais connu; mais de plus, dans les « parties primitivement affectées, l'examen le plus « attentif ne fait rien reconnaître qui puisse faire « douter de sa guérison complète.

« Le ventre a repris sa souplesse, et dans la fosse « iliaque gauche, en pressant fortement, on finit par « retrouver un petit noyau, du volume d'une amande, « dernier reliquat de l'affection abdominale. Du côté « de la poitrine, on ne trouve à signaler qu'un peu « plus de faiblesse du murmure respiratoire à droite « qu'à gauche, mais sans bruits morbides ou autres « indices d'une lésion actuelle.

« Donc, on ne peut douter de la guérison com-

« plète d'Estelle Faguette ; c'est la conclusion qui « découle de l'examen auquel je l'ai soumise « aujourd'hui.

« Veuillez agréer, Monsieur le Vicaire général, « l'expression de mes sentiments respectueusement « dévoués.

« BUCQUOY. »

« Pour copie conforme :

« Bourges, 8 février 1877.

« SAUTEREAU,

« Vicaire général. »

Nous nous arrêterons devant le fait matériel de la guérison soudaine d'Estelle Faguette, arrivée qu'elle était au dernier degré de la phtisie pulmonaire. Si complète fut cette guérison, que celle qui en fut l'objet n'a jamais ressenti le moindre retour de son ancienne maladie et possède actuellement des poumons excellents.

Le fait que nous examinons défie toute explication d'après les lois naturelles et de plus était l'accomplissement d'une prédiction. Le curé de Pellevoisin et d'autres avec lui, comme nous le savons, étaient au courant de cette prédiction, renouvelée chaque nuit entre le 14 et le 19 février. Voilà que, le samedi matin, le 20 février, ces différentes personnes prévenues, virent de leurs propres yeux la réalisation de la prophétie. C'est un cas dans lequel l'hypnotisme et la suggestion ne peuvent réclamer aucune part, pour la raison que les plus fermes croyants dans le pouvoir de l'imagination comme agent thérapeutique, conviennent qu'elle est impuissante à cicatriser des cavités dans des poumons, ou à reformer sur l'heure des tissus. Les observations du Dr Boissarie, dans le cas bien connu de sœur Julienne des Ursulines de Brives, s'appliquent avec une force égale à celui d'Estelle Faguette. Sur la question de la cure possible de la phtisie à un degré avancé, cette haute autorité s'exprime ainsi dans son *Histoire médicale de Lourdes*: « Si jamais, grâce aux découvertes modernes, on vient à guérir ou conjurer la phtisie, le remède ne sera ni infaillible ni instantané ; on ne ramènera pas ainsi un malade de l'agonie à la santé, on devra suivre une méthode lente, graduelle. » La soudaineté de la guérison d'Estelle Faguette en fut le trait le plus frappant.

Le message sublime de Pellevoisin commença par la prédiction de la guérison miraculeuse, et atteignit son point culminant dans la révélation du scapulaire du Sacré-Cœur, sept mois plus tard. Pour le moment, nous nous occuperons des cinq premières apparitions, celles du mois de février.

Pendant cinq nuits consécutives, Estelle Faguette vit, d'après son récit, une figure d'une incomparable beauté, entourée d'une auréole de douce lumière. La figure parut d'abord au pied de son lit: elle ne pouvait la voir qu'en partie. Elle était en blanc ; le vêtement était flottant, comprimé à la taille par un cordon également blanc ; le voile, d'un blanc plus argenté que la tunique ou robe, ombrageait légèrement le front et tombait en plis sur le dos.

Pendant que la madade regardait celle qui, selon son témoignage, était d'une beauté indescriptible, elle écoutait des paroles, qui, tout en ayant une portée personnelle pour elle, devaient être d'une consolation ineffable pour tous ceux qui, avec foi, les étudieraient dans la suite. Et cette remarque s'applique également à toutes les paroles constituant le grand message de Pellevoisin.

Nous en citerons quelques-unes se rapportant à la première vision : « *Courage, prends patience ; mon Fils va se laisser toucher... Tu souffriras encore cinq jours, en l'honneur des cinq plaies de mon Fils... Samedi tu seras morte ou guérie... Si mon Fils te rend la vie, je veux que tu publies ma gloire.* »

Quand, la seconde nuit, Estelle Faguette vit la même forme céleste et dans les mêmes conditions, elle apprit qu'elle serait guérie le samedi suivant. Alors, entre autres, elle entendit les paroles suivantes :

« *En revenant à la vie, ne crois pas que tu seras exempte de souffrances ; non, tu souffriras, et tu ne seras pas exempte de peines. C'est ce qui fait le mérite de la vie.* » Puis, elle fut favorisée de certaines communications qu'elle ne devait pas divulguer.

Les mots: « *Je suis toute miséricordieuse* » se rapportent à la vision de la troisième nuit.

Au sujet de la cinquième apparition les paroles de la voyante sont :

« Elle resta longtemps immobile sans rien dire, se tenant au milieu d'une vapeur claire.

« Après ce silence,elle me regarda...Elle était souriante ; elle me rappela mes promesses... Je lui promis de nouveau de faire tout ce qui dépendrait de moi pour sa gloire.

« Elle me dit : « *Si tu veux me servir, sois simple, et que tes actions répondent à tes paroles. . Tu auras des embûches ; on te traitera de visionnaire, d'exal-*

tée, de folle ; ne fais pas attention à tout cela, sois-moi fidèle et je t'aiderai. »

Nous continuons à puiser dans le récit d'Estelle écrit après sa guérison comme acte d'obéissance religieuse.

« Je la regardais toujours ; mes yeux la fixaient sans se fatiguer, et puis tout doucement la sainte Vierge s'éloignait. Je n'ai jamais rien vu de si beau. Petit à petit, elle disparaissait ; il ne restait plus que la buée (douce clarté) qui était autour d'elle, et ensuite tout disparut.

« A ce moment, je souffrais horriblement..... Je me souviens très bien que je tenais mon chapelet de la main gauche, il m'était impossible de soulever la droite. J'offrais mes souffrances au bon Dieu ; je ne savais pas que c'étaient les dernières de cette maladie-là. »

La voyante ajoute que presque aussitôt, elle se sentit parfaitement bien. Elle demanda l'heure ; on lui répondit qu'il était minuit et demi. « Je me sentais guérie, dit-elle, excepté mon bras droit, dont je n'ai pu me servir qu'après avoir communié. »

CHAPITRE II

La série des apparitions, interrompue au moment de la guérison miraculeuse, reprit cinq mois plus tard. Ce fut le 1er juillet, à dix heures et demie du soir, qu'Estelle revit l'être ravissant de ses visions du mois de février précédent. Elle était à genoux, un livre à la main, dans la chambre, où sa guérison s'était effectuée. D'après ce que nous avons entendu de sa propre bouche, ce fut une ombre tombant sur son livre qui lui indiqua en premier lieu la présence de l'apparition.

Ce qu'elle écrivit à ce sujet le lendemain matin, dans l'église de Pellevoisin, après avoir communié, fera comprendre mieux que n'importe quelles paroles ce qui avait eu lieu.

« J'étais à genoux, dit-elle, devant ma cheminée, quand tout à coup, je vis la sainte Vierge toute environnée d'une douce lumière, comme je l'avais déjà vue, seulement je la vis tout entière, de la tête aux pieds. Quelle beauté et quelle douceur ! Son cordon de taille tombait jusqu'au bas de sa robe. Elle était toute blanche et se tenait debout. En la voyant d'abord, elle avait les bras tendus et il tombait de ses mains comme une pluie. Elle fixait quelque chose ; puis ensuite, elle prit un de ses cordons, et le porta jusqu'à sa poitrine, où elle croisa ses mains. Elle souriait ! Puis elle me dit en me regardant. « *Du calme, mon enfant. Patience; tu auras des peines, mais je suis là.* » Le cordon qu'elle tenait retomba et glissa tout près de moi... La sainte Vierge resta encore un petit instant, puis elle me dit : « *Courage, je reviendrai.* » Ensuite elle disparut, s'éloignant lentement.

Il y eut une autre apparition la nuit suivante. Comme la veille, Estelle était à genoux dans sa chambre. Elle venait de dire la moitié d'un *Ave Maria*, lorsqu'elle vit devant elle la figure radieuse. C'était la même, avec cette différence cependant qu'elle était alors entourée d'une guirlande de roses, de différentes couleurs, se dessinant sur le fond lumineux. Des gouttes, semblables à de la pluie tombaient de ses mains étendues.

La visiteuse céleste,croisant ses mains sur sa poitrine, et regardant fixement Estelle lui dit :

« *Tu as déjà publié ma gloire.* (Là, dit la voyante, elle me confia quelque chose dont je dois garder le secret.) *Continue. Mon Fils a aussi quelques âmes très attachées. Son cœur a tant d'amour pour le mien qu'Il ne peut pas refuser mes demandes. Par moi, Il touchera les cœurs les plus endurcis.* »

A cette vision, se rapportent aussi ces paroles remarquables : « *Je suis venue particulièrement pour la conversion des pécheurs.* »

« Pendant que la sainte Vierge parlait, dit Estelle dans son récit, je pensais aux différentes manières par lesquelles elle pouvait montrer sa puissance. Elle répondit à mes pensées, en disant : « On le verra plus tard. » Elle resta avec moi un peu plus longtemps; puis disparut lentement. Le guirlande de roses demeura encore un instant, puis s'effaça avec la lumière qui l'environnait. »

La huitième apparition eut lieu dans la nuit du lundi 3 juillet et ne dura que quelques minutes ; et la suivante, le 9 septembre, où le scapulaire du Sacré-Cœur fut révélé. Nous nous arrêtons à cette dernière comme une des plus remarquables. C'était vers trois heures de l'après-midi. Estelle était à genoux dans sa chambre, récitant son chapelet, quand, levant les yeux, elle vit devant elle la forme idéalement belle de ses visions précédentes. Nous arrivons à des paroles saisissantes, pénétrantes, et d'une portée toute particulière. Elle s'arrêta, selon le récit d'Estelle, et ensuite elle dit : « *Depuis longtemps les trésors de mon Fils sont ouverts; qu'ils prient.* »

« En disant ces paroles, poursuit la voyante, elle souleva la petite pièce de laine qu'elle portait sur sa poitrine. J'avais toujours vu cette petite pièce, sans savoir ce que c'était, car jusqu'alors, je l'avais vue toute blanche. En soulevant cette pièce, j'aperçus un cœur rouge qui ressortait très bien. J'ai pensé de suite que c'était un scapulaire du Sacré-Cœur. Elle dit en le soulevant : « *J'aime cette dévotion.* » Elle s'arrêta encore, puis elle reprit : « *C'est ici que je serai honorée.* »

La dixième apparition eut lieu le dimanche suivant, vers la même heure, et ne dura que quelques instants. La céleste visiteuse dit de suite : « *Qu'ils prient. Je leur en donne l'exemple.* »

« Elle joignit alors les mains sur sa poitrine, dit Estelle, et disparut. »

A partir de ce moment dans chacune des apparitions qui se succédèrent, la sainte Vierge portait le scapulaire.

L'apparition suivante eut lieu le 15 septembre. A

son sujet Estelle dit : « Avec la permission de ma maîtresse, j'ai été prier dans ma chambre. Quel bonheur! Que ne puis-je y passer ma vie! J'y suis allée deux fois; ce n'est que la deuxième fois que j'ai vu la sainte Vierge; il était à peu près trois heures moins un quart. Elle était comme toujours les bras tendus. La pluie tombait de ses mains. Elle resta longtemps sans rien dire, et avant de me parler, elle tourna les yeux de tous les côtés; puis elle me dit des choses particulières. Ensuite elle reprit lentement : « *Qu'ils prient, et qu'ils aient confiance en moi.* »

« Ensuite, la sainte Vierge me dit tristement (elle ne pleurait pas) : « *Et la France, que n'ai-je pas fait pour elle? Que d'avertissements et pourtant encore elle refuse de m'entendre. Je ne peux plus retenir mon Fils.* » Elle paraissait émue en ajoutant: « *La France souffrira.* » Elle appuya sur ces paroles. Puis elle s'arrêta encore et reprit : « *Courage et confiance.* » Alors, à cet instant, je pensais en mon cœur: « si je dis ceci, on ne voudra peut-être pas me croire, » et la sainte Vierge m'a comprise, car elle m'a répondu : « *J'ai payé d'avance. Tant pis pour ceux qui ne voudront pas te croire; ils reconnaîtront plus tard la vérité de mes paroles.* » Puis tout doucement, elle partit.

Quand Estelle fut favorisée de cette dernière vision il y avait quelqu'un auprès d'elle. C'était Mlle de Tyran de la maison de Mme la comtesse Arthur de La Rochefoucauld. Cette personne avait suivi la voyante dans sa chambre et l'avait vue s'agenouiller et commencer à réciter le chapelet tout haut. Selon son témoignage nous apprenons qu'au bout de cinq minutes environ, Estelle cessa de parler et sembla presque cesser de respirer ; qu'elle resta dans cet état pendant près de trois quarts d'heure, immobile, à genoux, les mains jointes et un peu avancées comme si elle voulait s'approcher de quelque chose ; qu'au bout de ce temps, elle poussa un profond soupir, et parut essuyer des larmes ; et qu'alors, se tournant vers Mlle de Tyran, elle lui demanda si elle aussi avait vu la sainte Vierge.

Elle décrivit ensuite le scapulaire du Sacré-Cœur qu'elle venait de voir et donna des détails concernant sa vision.

Désormais à chacune des apparitions, d'autres personnes se trouvaient présentes.

La suivante eut lieu six semaines plus tard — le jour de la Toussaint. A ce sujet nous citerons le récit d'Estelle :

« Enfin, aujourd'hui, 1er novembre, je revis cette bonne mère du ciel. Elle était comme toujours ; elle portait le scapulaire qu'elle me fit voir le 9 septembre. En arrivant, comme toujours, elle fixait quelque chose que je ne pouvais pas voir ; puis elle regarda de tous côtés. Elle ne m'a rien dit. Puis elle jeta les yeux sur moi, et m'a regardée avec beaucoup de bonté, et partit. »

Il y eut une apparition cinq jours plus tard. Le récit en fut écrit par Estelle le même jour.

« Vers deux heures et demie, dit-elle, je suis allée dans ma chambre pour dire mon chapelet, et lorsque je l'eus fini, je vis la très sainte Vierge. Elle était belle, comme toujours. En la voyant, je pensais que j'étais bien indigne de ses grâces, et que tant d'autres méritaient plus que moi ses faveurs, et pouvaient davantage publier sa gloire. Alors, elle me regarda, et sourit en me disant : « *Je l'ai choisie.* » « Oh ! que j'étais heureuse ! Quelle bonté dans son regard et quelle miséricorde ! Elle portait son scapulaire. Comme il était beau ! Elle s'arrêta un moment, et reprit toujours souriant : « *Je choisis les petits et les faibles pour ma gloire.* » Elle s'arrêta encore et me dit : « *Courage, le temps de tes épreuves va commencer.* » Puis elle croisa ses mains sur sa poitrine et partit. » La vision dura environ une demi-heure.

La quatorzième apparition eut lieu le 4 novembre. « Hier samedi, dit Estelle, je revis la sainte Vierge. J'avais fini de dire mon chapelet, et dit un *Souvenez-vous* à cette bonne mère lorsqu'elle est venue. Elle était comme les autres fois, les bras tendus, et avait son scapulaire. En arrivant, comme toujours, elle resta un bon moment sans rien dire, puis elle me regarda, et dit quelque chose pour moi. Puis elle me dit : « *Tu n'as pas perdu ton temps aujourd'hui ; tu as travaillé pour moi.* » (J'avais fait un scapulaire.) Elle était souriante, puis elle ajouta : « *Il faut en faire beaucoup d'autres.* » Elle s'arrêta assez longtemps, et après, elle devint un peu triste, et me dit : « *Courage.* » Et puis elle partit en croisant ses mains sur sa poitrine. »

Il y avait cinq personnes présentes, y compris trois religieuses de la congrégation de Sainte-Anne, et Mlle Thersile Salmon, sœur de M. le curé. Chacune constata que vers la fin, Estelle soupira profondément et que de grosses larmes coulèrent le long de ses joues. D'après ces témoins, la vision dura à peu près quarante minutes.

La quinzième et dernière apparition eut lieu le

8 décembre, fête de l'Immaculée Conception. Aujourd'hui, après la grand'messe, dit Estelle, j'ai revu cette douce mère. Elle était plus belle que jamais. Il y avait autour d'elle sa guirlande de roses, comme au mois de juillet. En arrivant, tout d'abord, elle resta sans rien dire, comme les fois précédentes ; puis elle me dit : « *Ma fille, rappelle-toi mes paroles.* » A ce moment, je les revis toutes depuis le mois de février, et plus particulièrement celles-ci : « *Tu sais bien que tu es ma fille. Je suis toute miséricordieuse et maîtresse de mon Fils !* » Ses plaintes, lorsqu'elle me dit : « *Ce qui m'afflige le plus, c'est le manque de respect qu'on a pour mon Fils dans la sainte communion, et l'attitude de prière que l'on prend, quand l'esprit est occupé d'autres choses.* » Puis les paroles du mois de juillet : « *Son cœur a tant d'amour pour le mien, qu'il ne peut refuser mes demandes. Par moi, il touchera les cœurs les plus endurcis. Je suis venue particulièrement pour la conversion des pécheurs.* » Puis revinrent les paroles du mois de septembre : « *Les trésors de mon Fils sont ouverts, qu'ils prient* », et quand, montrant son scapulaire, elle dit : « *J'aime cette dévotion.* » Ces paroles remarquables : « *C'est ici que je serai honorée.* » Je vis encore ses recommandations pour l'Église et pour la France : « *Je recommande le calme, non seulement pour toi, mais aussi pour l'Eglise et pour la France.* » Vinrent ces paroles du mois de novembre : « *Je t'ai choisie ; je choisis les petits et les faibles pour ma gloire.* » Parmi ces paroles j'en revis encore beaucoup d'autres. J'en garderai le secret. Tout ceci passa vite. La sainte Vierge me regardait toujours ; elle me dit : « *Répète-les souvent ;*

qu'elles te fortifient et te consolent dans tes épreuves. Tu ne me reverras plus. » A ce que lui dit Estelle, elle répondit : « *Je serai invisiblement près de toi.* » Tenant le scapulaire des deux mains, la figure céleste que les yeux de la voyante fixaient toujours continua : « *Tu iras toi-même trouver le Prélat et tu lui présenteras le modèle que tu as fait.* »

En effet Estelle avait fait un modèle : elle avait essayé de reproduire avec son aiguille un *fac simile* du carré d'étoffe blanche, avec le cœur rouge en relief, qu'elle avait vu sur la poitrine de l'apparition.

Les mots qui suivirent furent ceux-ci : « *Dis-lui* (au prélat), *qu'il t'aide de tout son pouvoir, et que rien ne me sera plus agréable que de voir cette livrée sur chacun de mes enfants, et qu'ils s'appliquent tous à réparer les outrages que mon Fils reçoit dans le sacrement de son amour. Vois les grâces que je répands sur ceux qui le porteront avec confiance, et qui t'aideront à le propager.* »

Estelle nous dit qu'ici elle vit, ainsi qu'on l'a déjà constaté plusieurs fois dans ces pages, comme des gouttes de pluie abondantes, tombant des mains étendues de la sainte Vierge. Elle nous dit aussi : « Et dans chacune de ces gouttes il me semblait voir les grâces écrites telles que : piété, salut, confiance, conversion, santé ; en un mot toutes sortes de grâces, plus ou moins fortes. » Alors, elle entendit les paroles suivantes d'une portée si profonde pour l'âme catholique: « *Ces grâces sont de mon Fils ; je les prends dans son cœur. Il ne peut pas me refuser.* »

« Je sentais que cette bonne mère allait me quitter », telles sont les paroles d'Estelle, qui continue son récit : « *Courage*, dit-elle ; *s'il ne pouvait t'accorder tes demandes* (la sainte Vierge parlait du prélat) *et qu'il s'offre des difficultés, tu irais plus loin. Ne crains rien, je t'aiderai.* » Elle fit le demi-tour de ma chambre, et disparut à peu près où était mon lit. »

Comme on l'a déjà dit, il y a d'autres détails, — et surtout des détails secondaires — se rapportant à ces apparitions, que nous n'avons pas cherché à reproduire ici, notre but étant d'exposer le phénomène dans ses grandes lignes seulement. Quinze personnes étaient présentes à la dernière apparition. Parmi elles se trouvaient M. l'abbé Salmon et Mme la Comtesse Arthur de La Rochefoucauld, qui, maintenant que près de trente ans se sont écoulés, passe ses jours en tertiaire de l'ordre de Saint-Dominique près du couvent qu'elle a fondé à l'endroit même des apparitions. Dans le courant de l'été de 1900, nous avons entendu cette dame dire que son but, en fondant ce couvent dominicain, était que la voix liturgique de l'Église ne cessât jamais, là où les événements que nous venons de raconter s'étaient passés.

Pendant cette vision qui dura un quart d'heure, la voyante, soit à genoux, soit debout, resta insensible aux objets et aux bruits extérieurs. Vers la fin, on la vit tourner la tête lentement dans une certaine direction et sembler suivre, avec une intense fixité de regard, quelque chose qui se mouvait. C'était, comme on le sut dans la suite, quand l'apparition faisait le demi-tour de la chambre, avant de disparaître près du pied du lit, d'où Estelle, mourante, s'était levée, rendue à la vie et la santé, dix mois auparavant.

On supposait tout naturellement que le prélat dont il fut question dans la dernière apparition, ne pouvait être que l'archevêque de Bourges, Charles Amable, prince de la Tour d'Auvergne que sa piété et ses lumières avaient fait surnommer « l'ange du diocèse. »

Ce prélat avait suivi de loin ce qui s'était passé à Pellevoisin, et bien qu'il se fût abstenu d'intervenir, son attitude avait été d'une extrême prudence. Il avait même écrit à M. le curé de Pellevoisin pour lui conseiller cette même prudence à l'égard du scapulaire. Mais quand il apprit les détails de la dernière apparition et, de plus, quelque chose de frappant à ce sujet qui le concernait personnellement, il consentit à recevoir Estelle. Et de fait, non seulement il la reçut dans son palais archiépiscopal, mais il la retint près de lui pendant deux jours, l'examinant à plusieurs reprises. Le résultat de cet examen fut tel qu'il écrivit de suite à M. le curé de Pellevoisin, non point cette fois pour lui conseiller la prudence, au sujet du scapulaire, mais pour lui dire d'en faire faire le plus qu'il pourrait et dans le moins de temps possible.

Il nomma alors une commission d'enquête pour étudier les événements qui venaient de se passer à Pellevoisin.

Cette commission, qui se composait des ecclésiastiques les plus importants du diocèse, avait à sa tête M. l'abbé Sautereau, premier vicaire général de Bourges.

Nous approfondirons ici pendant quelques instants le sens du sublime mandat de Pellevoisin — mandat complet de lui-même, mais dont la signification s'élargit à la lumière des autres grandes apparitions de la sainte Vierge en France au XIXe siècle. Mais, en dehors de son rapport avec ces autres manifestations célestes, maintenant entrées dans l'histoire religieuse, et dont elle termine pour ainsi dire la série, en accentuant et amplifiant leurs enseignements, il a une importance et une portée toutes spéciales.

En quoi consistent cette importance et cette portée ?

Nous effleurerons le sujet et la réponse en sortira.

D'abord toutes les paroles constituant le message de Pellevoisin sont pour le penseur et le moraliste catholique d'une ample et profonde signification.

Pour ne citer que les deux suivantes : « Je suis toute miséricordieuse, » et « je suis venue particulièrement pour la conversion des pécheurs », est-ce que chacune n'offre pas à l'apologiste des attributs de Marie, matière pour toute une thèse?

Quelque rapide que soit notre aperçu de ce mandat merveilleux, renfermant dans un langage humain une sagesse et une tendresse célestes, nous ne pouvons nous défendre de signaler les mots : « Ces grâces sont de mon Fils ; je les prends dans son cœur, il ne peut me refuser. » Ces paroles, ne semblent-elles pas contenir le *nec plus ultra* du grand sujet de la dévotion à Marie ? — ne nous ramènent-elles pas par la pensée aux noces de Cana, où, à la supplique muette de la mère de Jésus, l'eau fut changée en vin? Chaque syllabe de cette phrase. « Il ne peut me refuser, » semble s'accentuer et trouver sa confirmation dans le premier miracle de Notre Seigneur.

Dans les paroles qui s'adressent particulièrement à la voyante et semblent lui être personnelles, il y a une signification si profonde qu'elles s'appliquent aussi directement à nous qu'à elle. Dans le miroir qui est tendu à ses regards nous nous voyons; dans les avis et les avertissements qui lui sont prodigués, nous puisons de la force et du courage. Par exemple : quand Estelle, apprenant de sa céleste visiteuse qu'elle va être rendue à la vie, dit : « Mais, ma bonne mère, si j'avais le choix, j'aimerais mieux mourir pendant que je suis bien préparée, » elle reçut cette réponse : « Si mon Fils te rend la vie, c'est que tu en as besoin. Qu'a-t-il donné à l'homme sur la terre de plus précieux que la vie? » Il s'agit bien ici de cette vie terrestre dont chaque instant est une perle en vue de l'éternité et que nous gaspillons comme la plus vile monnaie courante. N'y a-t-il pas là matière à des discours pour un Bossuet ?

Un autre point lumineux qui ressort des enseignements de Pellevoisin, c'est l'importance qui y est attachée à cet état d'esprit et d'âme qualifié par le mot *calme*. « Du calme, mon enfant », dit à Estelle la sublime Messagère. Cette injonction répétée plusieurs fois ne semble-t-elle pas concentrer en elle le sens de ces paroles tombées des lèvres divines : « Que la paix soit avec vous » et « que vos cœurs ne se troublent pas » ? Et tout en indiquant un remède pour l'âme et le corps, ne semble-t-elle pas viser aussi l'état agité et fiévreux de l'humanité actuelle?

Autres paroles d'une portée spéciale : « Si tu veux me servir, sois simple, et que tes actions correspondent à tes paroles. »

Bref, nous y voyons conseiller la simplicité, la droiture et l'amour de la vérité. Voilà toute une règle de vie, en quelques mots.

« J'ai payé d'avance. » Encore des paroles contenant une grande vérité, dont la portée n'échappera pas à ceux qui, vu leur propre indignité, sont simplement émerveillés des largesses qu'ils ont reçues de la Mère de Jésus.

« Je t'ai choisie. Je choisis les petits et les faibles pour ma gloire. » Pour apprécier ces paroles dans leur sens intime et leur céleste portée, il faut bien se mettre devant les yeux quand et comment elles furent énoncées. La voyante, subissant l'impression de sa propre indignité, voyait en pensée combien il y avait de personnes plus dignes qu'elle des faveurs qu'elle recevait en ce moment.

Elle ne disait rien : elle pensait. L'apparition répondit à ses pensées par ces mots : « Je t'ai choisie. Je choisis les petits et les faibles pour ma gloire. » Paroles exquises qui se passent de commentaires. Cependant, qu'il nous soit permis de faire remarquer qu'elles constituent un trait d'union entre les apparitions de Pellevoisin et celles de Paray-le-Monial. En les lisant, est-ce qu'il ne nous semble pas entendre celles-ci formulées deux cents ans auparavant à l'humble visitandine de Paray : « Je te choisis comme un abîme d'indignité et d'ignorance pour l'accomplissement de mon grand dessein afin que tout soit fait par moi. »

Puisque nous signalons les rapports qui existent

entre Pellevoisin et Paray-le-Monial, nous citerons ces paroles dites à Estelle :

« Je désire voir cette livrée (le scapulaire) sur chacun de mes enfants, en réparation des outrages que mon Fils reçoit dans le sacrement de son amour. »

Paroles remarquables si nous les rapprochons de celles que Notre-Seigneur adressait à la Bienheureuse Marguerite-Marie le 6 juin 1675 : « *Et pour reconnaissance, je ne reçois de la plupart que des ingratitudes par leurs irrévérences et leurs sacrilèges, et par les froideurs et les mépris qu'ils ont pour moi dans ce sacrement d'amour.* »

Nous avons donc le droit de dire que les apparitions de Pellevoisin sont comme un dernier mot ajouté au chapitre des révélations de Paray-le-Monial.

Approfondissant ce sujet au Congrès marial de Lyon en 1900, Mgr Paul Buron s'exprima ainsi :

« Toutes les paroles de la sainte Vierge sont remarquables, et d'une profondeur théologique qui sert de preuve intrinsèque au fait miraculeux de ses manifestations. »

Il est permis d'ajouter que le recueil de paroles constituant le message ou mandat de Pellevoisin ne porte aucune empreinte terrestre.

Et aussi idéal, aussi éloigné de tout ménagement humain est le portrait, tracé en quelques mots par la voyante, de l'éblouissante vision qui s'est présentée quinze fois à ses regards. Comme celui tracé par Bernadette Soubirous en pareilles circonstances, tout y est net, précis, juste. C'est un type de beauté idéale, distincte, sans prototype, qui nous est présenté également par les deux voyantes, et auquel, croyons-nous, aucune conception purement humaine ne saurait s'élever. Dans les quelques mots de description chacune de ces visions, il y a matière pour une représentation artistique de la sainte Vierge incomparablement belle et surhumaine. Cela ne veut pas dire qu'une telle représentation nous a été donnée. Non, l'artiste humain ne s'élève pas facilement aux réalités célestes. De sorte que nous ne sommes pas plus étonnés de la déception éprouvée par la petite Bernadette en voyant pour la première fois la statue de Notre-Dame de Lourdes par le sculpteur Fabisch, qui la fit s'écrier : « C'est comme la nuit et le jour ! » que nous ne le sommes de l'affirmation d'Estelle Faguette que la statue de Notre-Dame de Pellevoisin d'après un modèle bien connu n'était qu'une figure insignifiante comparée avec l'être incomparable de ses visions.

CHAPITRE III

Revenons à la commission ecclésiastique qui se réunit à Pellevoisin en 1877 et dont le résultat des travaux fut des plus favorables à la cause en question. Des cinquante-six ecclésiastiques réunis, cinquante-cinq étaient d'avis que les faits qu'ils étudiaient relevaient du surnaturel.. Un seul s'abstint de donner son opinion.

Mgr de la Tour d'Auvergne ne prononça pas de décision doctrinale, agissant dans l'affaire comme l'avaient fait, pendant cinq ans, Mgr Brouillard, évêque de Grenoble, au sujet de La Salette, et pendant quatre ans Mgr Laurence, évêque de Tarbes, par rapport à Lourdes. A ce sujet, et vers ce moment-là, l'archevêque de Bourges dit à M. le curé Salmon qu'une décision doctrinale favorable aux événements dont il s'agissait, prononcée de suite, suivrait de trop près, à son avis, les événements eux-mêmes. Deux ans plus tard Mgr de la Tour d'Auvergne n'était plus de ce monde.

Mais si le prélat n'était pas prêt à parler de par la force de l'autorité ecclésiastique, il était disposé à agir d'une autre façon. Étant à Rome, pour le jubilé de Pie IX, l'année qui suivit celle des apparitions, il déposa devant les Congrégations Romaines un compte rendu des événements de Pellevoisin. Les Congrégations se montrèrent favorables à la cause représentée par l'archevêque ; et Pie IX ne le fut pas moins. En bénissant le prélat, le Pape bénit l'œuvre dans laquelle Mgr de la Tour d'Auvergne allait s'engager. Cette œuvre n'était autre que la fondation d'une confrérie à Pellevoisin, conséquence des événements de l'année précédente. Déjà M. l'abbé Salmon, et à sa suite un grand nombre de fidèles, demandaient une association de ce genre ; déjà, depuis les visions d'Estelle Faguette, la dévotion au Sacré-Cœur et à la sainte Vierge s'étendait et s'accroissait dans tout le pays environnant ; et déjà le scapulaire, nouvellement révélé, s'était considérablement répandu auprès et au loin.

Revenu dans son diocèse, l'archevêque de Bourges fonda donc la confrérie de Notre-Dame de Pellevoisin, en dressa les statuts tels qu'ils existent aujourd'hui, et la plaça sous l'invocation de la « Mère toute Miséricordieuse, » selon les paroles d'une des apparitions : « Je suis toute miséricordieuse. » D'après les statuts, chaque membre de la nouvelle association devait porter le scapulaire du Sacré-Cœur, semblable au modèle soumis par la voyante à Mgr de la Tour d'Auvergne, comme représentant celui qui lui avait été révélé dans la neuvième apparition. Ce scapulaire se compose de deux carrés de flanelle blanche, d'à peu près sept centimètres de longueur, sur cinq de largeur ; l'un portant un cœur rouge en relief, avec certains insignes de la passion; et l'autre la figure de la sainte Vierge, d'après les visions d'Estelle Faguette.

Le 9 septembre suivant, premier anniversaire de la révélation du scapulaire, l'abbé Sautereau, représentant à cette occasion Mgr de la Tour d'Auvergne, bénit solennellement la chambre où les visions avaient eu lieu et y célébra la messe. Ce même jour, une statue de la sainte Vierge représentant la « Mère toute Miséricordieuse », d'après les données d'Estelle, fut portée en triomphe à travers le bourg et suivie par les habitants. Des ecclésiastiques se trouvèrent dans le cortège.

Mgr Chigi, le légat du Pape en France en ce moment, fut un des premiers membres de la nouvelle confrérie, et par conséquent, un des premiers à porter le scapulaire.

Quant à la manière dont l'association ainsi établie s'est répandue à travers le monde, on peut la comparer au grain de senevé de l'Évangile. Dès le commencement, grâce à l'énergie de ses apôtres, au premier rang desquels il faut placer des missionnaires de la Société de Marie, il pénétra en Amérique et jusqu'en Océanie. Certains Pères Jésuites en vue ont aussi mis la main à cette œuvre. Parmi eux se trouvait le révérend P. Michel Fessard, qui mourut il y a quelques années, en odeur de sainteté. Citons aussi le révérend P. Pichon, qui, dit-on, opère des merveilles au Canada en y répandant la dévotion à Notre-Dame de Pellevoisin. Parmi ces apôtres de la « Mère toute Miséricordieuse » au Nouveau Monde, on rencontre aussi des membres de la congrégation des clercs de Saint-Viateur.

Ceux qui évangélisent ainsi dans leur pays et à l'étranger ne se séparent jamais de cet insigne du Sacré-Cœur, le scapulaire révélé à Pellevoisin : ils l'ont toujours sur la poitrine et souvent à la main.

Et, ils peuvent en dire ce que le Père Faber, de l'Oratoire, disait il y a un demi-siècle au sujet de son archiconfrérie du Précieux Sang récemment fondée : « Nous avons trouvé une mine d'or dans l'Église de Dieu. »

Pie IX avait béni l'œuvre à son début; Leon XIII, marchant sur les traces de son prédécesseur, a donné des preuves répétées de son approbation de la dévotion inaugurée à Pellevoisin en 1877. Dans différentes occasions, pendant son Jubilé épiscopal, il bénit le scapulaire, devant de nombreux représentants de la France catholique. Tous les ans, il envoyait sa bénédiction aux pèlerins réunis à Pellevoisin, le 9 septembre. Au mois d'avril 1892, il offrit au sanctuaire un magnifique cierge avec ses armes gravées qui lui avait été offert par les Pères Blancs de Rome, au nom du cardinal Lavigerie, pour la fête de la Purification précédente.

Au mois de décembre de la même année, en vertu d'un Bref, Sa Sainteté accorda des indulgences plénières et partielles à tous ceux qui prendraient part au pèlerinage annuel.

En 1896, il éleva la confrérie au rang d'archiconfrérie, avec le pouvoir de s'affilier en France d'autres confréries du même nom. Le Bref pontifical accordant ce privilège est ainsi conçu :

« Marchant sur les traces de Nos prédécesseurs, les Pontifes Romains, Nous avons coutume de relever et d'enrichir de titres particuliers d'honneur et de privilèges, les pieuses associations des fidèles, afin qu'elles se développent dans le Seigneur, quand elles Nous sont signalées avec les plus grands éloges par les saints pontifes, comme pouvant procurer des fruits abondants pour la communauté chrétienne.

« Dans ce nombre, Nous croyons qu'il faut ranger

avec justice et bon droit, d'après le témoignage éclatant de l'archevêque de Bourges, la confrérie établie canoniquement dans son diocèse, sous le titre de « *Mère toute Miséricordieuse* », dans l'église paroissiale de l'endroit appelé vulgairement Pellevoisin. Et le même archevêque de Bourges, vu le nombre croissant des associés, Nous ayant demandé avec instance, dans sa piété et son zèle pour étendre la foi, de vouloir bien interposer Notre autorité apostolique, pour l'enrichir du titre et des privilèges d'archiconfrérie, nous avons pensé qu'il fallait accueillir ses vœux avec bienveillance.

« C'est pourquoi, voulant donner à tous et à chacun de ceux en faveur desquels ces lettres sont délivrées, une marque de bienveillance, et, seulement en raison du cas présent, les absolvant et les considérant comme devant être absous des sentences d'excommunication et d'interdit qu'ils auraient pu encourir, et qui auraient été portées contre eux de quelque manière et pour quelque cause que ce soit, Nous, de notre autorité apostolique, en vertu des présentes, érigeons et constituons en archiconfrérie, à perpétuité, avec les privilèges accoutumés, la dite confrérie de la Bienheureuse Vierge Marie, *Mère toute Miséricordieuse*, établie à Pellevoisin, au diocèse de Bourges.

« L'archiconfrérie ainsi établie, Nous donnons et accordons par Notre même autorité, en vertu des lettres présentes et pour toujours, aux directeurs et associés présents et futurs, le pouvoir et la facilité d'agréger toutes les autres confréries du même nom existant en France, et de leur communiquer toutes les indulgences plénières et partielles, communicables aux autres, accordées par le Siège apostolique à la dite confrérie, érigée par Nous en archiconfrérie, en observant toutefois la constitution de Clément VIII, Notre prédécesseur, et les autres ordonnances apostoliques rendues à ce sujet.

« Nous décrétons que les présentes lettres seront et resteront toujours fermes, valides et efficaces, qu'elles sortiront et garderont leur plein et entier effet, qu'elles favoriseront en tout et pour tous ceux qu'elles concernent et concerneront selon les circonstances, en quoi que ce soit, et que, sur ce qui vient d'être dit, il doit être ainsi jugé et défini par les juges ordinaires et délégués, quels qu'ils soient : de sorte, que si quelqu'un, quel qu'il soit, quelle que soit son autorité, venait à porter atteinte à ces lettres sciemment ou par ignorance, son acte serait nul et de nul effet. Et ce, nonobstant les constitutions et ordonnances apostoliques, et toutes autres choses contraires, même celles comprises et mentionnées par dérogation spéciale et particulière.

« Donné à Rome, près de Saint-Pierre, sous l'anneau du Pêcheur, le 12 mars 1896, et la dix-neuvième année de Notre pontificat.

« C. Cardinal DE RUGGIERO. »

Ce Bref fut suivi d'un autre, daté de trois jours plus tard, accordant, pendant dix années, dix indulgences plénières par an, n'importe dans quel pays ils se trouveraient, aux membres de l'association qui venait d'être érigée en archiconfrérie.

Voici ce Bref :

« Léon XIII, pape. Pour en conserver la mémoire.

« Veillant avec une pieuse charité à augmenter la piété des fidèles, et à assurer le salut des âmes par les trésors célestes de l'Église, Nous accordons miséricordieusement dans le Seigneur une indulgence plénière et la rémission de tous leurs péchés à tous les fidèles des deux sexes, répandus dans tout l'univers, régulièrement inscrits dans l'archiconfrérie érigée canoniquement sous le titre de *Mère toute Miséricordieuse*, dans l'église paroissiale de l'endroit appelé Pellevoisin, au diocèse de Bourges, pourvu que vraiment contrits et munis de la sainte communion, après s'être confessés, chaque année, aux dix jours à désigner une seule fois par l'archevêque de Bourges, ils visitent dévotement chacun leur église paroissiale, depuis les premières vêpres jusqu'au coucher du soleil le lendemain, et y prient pieusement Dieu, pour la concorde des princes chrétiens, l'extinction des hérésies, la conversion des pécheurs, et l'exaltation de Notre sainte mère l'Église. Ils pourront appliquer ces indulgences par manière de suffrage aux âmes des fidèles qui ont quitté ce monde dans l'amitié de Dieu. Et ce nonobstant toutes choses contraires. Les présentes lettres sont valables pour dix ans.

« Nous voulons que les traductions, copies, même imprimées, signées d'un notaire public et munies du sceau d'une personne constituée en dignité ecclésiastique, rencontrent la même créance que ces présentes lettres elles-mêmes, si elles étaient présentées ou montrées.

« Donné à Rome, près de Saint-Pierre, sous l'anneau du Pêcheur, le 15 mars 1896, la dix-neuvième année de Notre Pontificat.

« Pour S. E. le cardinal de Ruggiero,

« Nicolas MARINI, substitut. »

Les jours où l'on pourrait gagner ces indulgences furent laissés au choix de l'archevêque de Bourges. Mgr Boyer indiqua les dates suivantes : d'abord le jour de la réception du scapulaire, puis, le 14 février, le 19 février, la fête du Saint Sacrement, la fête du Sacré-Cœur, le 2 juillet, le 9 septembre, le 15 septembre, le 1er novembre et le 8 décembre. Il est à remarquer qu'à l'exception des fêtes du Saint Sacrement et du Sacré-Cœur et du jour où le scapulaire se met pour la première fois, les sept autres jours choisis par l'archevêque étaient les anniversaires des sept apparitions qui marquaient le plus dans la dévotion.

Au mois d'août de la même année, Léon XIII attacha une indulgence de deux cents jours à la prière à Notre-Dame de Pellevoisin, prière basée, comme on le verra, sur quelques-uns des principaux faits des apparitions. Voici cette prière :

« O Mère toute Miséricordieuse, vous venez à nous les mains tendues et pleines de grâces pour nous attirer et nous combler de vos faveurs. Nous accourons donc à l'odeur de vos parfums, plus suaves que les roses. Couvrez nos yeux du voile de la modestie, ceignez nos reins du cordon de la pureté et de la pénitence ; attachez-nous à vos pieds par les liens d'un amour fidèle, étendez sur nos cœurs l'image bénie du cœur de votre Divin Fils. Qu'elle soit pour nous comme le bouclier de la plus large et de la plus puissante protection, jusqu'au jour où nous irons nous reposer dans le sein de Dieu pour l'éternité. »

CHAPITRE IV

Depuis la guérison miraculeuse d'Estelle Faguette il y en a eu d'autres très remarquables se rapportant à la dévotion dont Pellevoisin a été le berceau. Dans cette liste déjà longue, nous choisirons quelques exemples.

L'un des premiers et des plus frappants est celle de la sœur Louise-Marie de la Croix, tourière du couvent des Carmélites de Blois. Cette religieuse avait été malade pendant trente-trois ans. Durant ce temps son état s'était beaucoup aggravé de sorte que plus d'un médecin, y compris celui qui la soignait ordinairement, le Dr Aubry, de Blois, considéraient son cas comme absolument désespéré. Elle avait été en pèlerinage à Pellevoisin et à d'autres sanctuaires, mais sans résultat pour sa santé.

Il est vrai que dans ces moments, elle n'avait jamais songé à demander au ciel sa guérison, préférant, disait-elle, rester dans son état de souffrance si cet état la rendait plus agréable à Dieu. Ce qu'elle avait demandé c'était la force pour supporter ses maux.

Les douleurs physiques qu'endurait cette pauvre sœur étaient terribles. Elle souffrait beaucoup dans la tête et dans la région du cœur; ses jambes enflaient énormément; elle gardait le lit des mois entiers. Elle finit par ne plus le quitter.

Nous arrivons maintenant à ses souffrances morales. Pendant ces longues périodes de prostration où elle restait alitée, son état était tel que la communion fréquente lui était impossible. Ce qu'elle souffrait de cette privation spirituelle est révélé par ses propres paroles. « La privation de recevoir mon Dien était pour moi une source de souffrance beaucoup plus grande que tout ce que je devais endurer. »

Au commencement du mois de septembre 1880, la sœur Louise-Marie se préparait à visiter de nouveau Pellevoisin. Elle comptait y être pour le pèlerinage annuel du 8 septembre et avait même commencé une neuvaine qui devait se terminer au sanctuaire même le 8. Sur ces entrefaites, M. l'abbé Préville, aumônier du couvent et qui n'y était que récemment installé, songea à demander à la sœur si elle allait à Pellevoisin afin d'obtenir sa guérison. Celle-ci répondit que non, ajoutant que le seul but de son pèlerinage était d'obtenir un accroissement de force et de courage pour supporter ses souffrances. L'aumônier lui donna alors à entendre qu'il ne croyait pas aux apparitions de Pellevoisin, mais il lui conseilla, ou plutôt lui ordonna en tant que directeur de conscience, d'aller demander sa guérison au nouveau sanctuaire et de plus de la demander comme un signe de la réalité des apparitions de la sainte Vierge à cet endroit. Il ajouta que si cette guérison était accordée, lui aussi, il croirait aux faits de Pellevoisin et qu'il irait en pèlerinage d'action de grâce.

La malade obéit au sens intime de l'ordre qui lui était imposé. A Pellevoisin, le 8 septembre, dernier jour de sa neuvaine, elle exposa devant celle qu'elle invoquait comme la « Mère toute Miséricordieuse » les intentions de son directeur spirituel à son sujet. Elle se contenta d'offrir ces intentions au ciel pendant la messe et surtout au moment solennel de la consécration. Voilà sa manière de demander sa guérison. La réponse ne se fit pas attendre. Après avoir, au moment de la communion, reçu son Dieu dans l'Eucharistie, cette femme, malade pendant la plus grande partie de son existence, se releva saine, sans souffrance et, en un mot, radicalement guérie.

Jamais depuis elle n'a ressenti la moindre atteinte des infirmités terribles qui l'avaient terrassée pendant trente-trois ans. Elle avait alors cinquante ans. Un *ex-voto* en marbre dans la chapelle des apparitions de Pellevoisin rappelle cette guérison.

Des religieuses de la communauté des Carmélites de Blois avaient plus d'une fois entendu prononcer ces paroles par le Dr Aubry : « La guérison de sœur Louise me surpasse. Humainement parlant, elle était impossible. Vous devez un beau cierge à la sainte Vierge, car ni moi ni aucun autre n'aurions pu vous la guérir. »

Ces religieuses, en reconnaissance de cette guérison opérée dans la personne d'une de leurs sœurs, ont élevé dans leur chapelle une belle statue de Notre-Dame de Pellevoisin. Elle est déjà encadrée d'*ex-voto*.

Au mois de septembre 1904 nous avons rencontré à Pellevoisin sœur Louise-Marie de la Croix et entendu de sa bouche le récit de sa guérison. Quand elle parlait de la sainte Vierge, sa physionomie rayonnante exprimait en quelque sorte les sentiments dont débordait son cœur. Le surnaturel l'avait marquée de son empreinte. Il y avait de la fraîcheur et presque de la jeunesse sur cette figure de plus de soixante-dix ans, aux yeux limpides et au teint rose.

Six ans après sa propre guérison, cette humble tourière fut témoin d'une autre à Pellevoisin dans la personne de sa nièce, Mme Rongeaux, demeurant à Saint-Dié. Cette personne souffrait de rhumatismes affectant surtout le cœur et une jambe, et s'en trouvait réduite à un véritable état d'infirmité, ne pouvant marcher qu'avec des béquilles. Selon son témoignage, ses souffrances depuis un an n'avaient pas cessé, et de tous les remèdes qu'on avait essayés, aucun ne lui avait apporté de soulagement. C'est vers la fin de cette année, terrible pour elle, que nous la voyons à Pellevoisin. C'était au mois de septembre 1886 et au moment du pèlerinage annuel. Elle s'y était rendue dans l'espoir d'y obtenir sa guérison.

Nous sommes au 9, le grand jour. Plusieurs milliers de personnes remplissaient le bourg. Au moment de la grand'messe l'église paroissiale était comble. Mme Rongeaux y était, demandant avec instance sa guérison. D'autres personnes la demandaient avec elle. Parmi celles-ci se trouvait la bonne sœur Louise-Marie de la Croix. Leurs supplications réunies devaient attirer une réponse, et ce fut à la messe et au moment de l'élévation que cette réponse vint. Voilà qu'à cet instant, solennel entre tous, la malade qui priait se sentit envahie par la conviction qu'elle était guérie. En effet, elle l'était. Dès ce moment ses maux cessèrent; plus de souffrances ni au cœur ni à la jambe; elle put laisser là ses béquilles. La sœur

Louise-Marie, nous entretenant à ce sujet au mois de septembre 1902, nous assura que jamais depuis Mme Rongeaux n'a ressenti la plus légère atteinte de la maladie dont elle avait été guérie en 1886.

Un autre cas qui mérite bien d'être signalé est celui de Mme Lucie Noirot, une mère de famille énergique et courageuse, demeurant à Paris.

Au printemps de l'année 1891, nous voyons cette femme, bien que jeune encore, réduite à la dernière extrémité. Elle avait été malade depuis cinq ans, souffrant de plus d'une maladie. Deux tumeurs internes la minaient. Elle avait été à l'hôpital Lariboisière à deux reprises, y restant chaque fois deux mois, mais sans que son état y fût amélioré en quoi que ce soit. Elle y avait reçu les soins des Drs Berge et Perrin qui, outre les deux tumeurs, constatèrent une salpingite suppurante. Bref, on refusa de l'opérer, son état étant trop compliqué et trop grave.

Au mois d'avril 1891, Mme Noirot se mit entre les mains du Dr Péan de l'hôpital Saint-Louis. Le diagnostic de ce spécialiste éminent fut en tout semblable à celui des médecins de l'hôpital Lariboisière.

Pendant qu'elle était en traitement à Saint-Louis, deux fois la pauvre femme fut amenée à la salle d'opérations et deux fois renvoyée comme étant trop malade pour être opérée. La dernière fois, le Dr Péan lui fit comprendre que son état actuel ne lui permettait pas de subir l'opération dont il s'agissait — opération qui serait excessivement grave, et qu'il voudrait plus tard, dans une clinique particulière, la prendre en main lui-même. Il ajouta que son cas offrait un intérêt spécial pour la science médicale. Là-dessus, le grand chirurgien quitta Paris pour ses vacances.

En attendant, la malade, privée entièrement de sommeil, incapable par moments de bouger et souffrant toujours, se sentait comme abandonnée par les médecins. Avec cela, la misère autour d'elle et de jeunes enfants lui demandant du pain et des soins. Mais elle était vaillante, et elle ne perdit pas l'espoir. Il faut dire qu'elle était chrétienne — et chrétienne pratiquante.

Dans la nuit impénétrable qui semblait l'entourer, une lueur devait lui venir d'une source surhumaine.

Retirant ses pensées des hôpitaux et des médecins, elle entendit parler autour d'elle du pèlerinage national à Lourdes qui se préparait. Elle pensa que, si elle y prenait part, peut-être elle y trouverait sa guérison. L'idée lui souriait et elle eut vite fait de demander une place de malade. La requête arriva trop tard et il lui fut répondu qu'il fallait remettre à l'année suivante son voyage à Lourdes. Alors la chrétienne tenace se réveilla en elle et elle sentit qu'elle n'avait pas du tout envie de différer de plusieurs mois la guérison qu'elle voulait obtenir du ciel le plus tôt possible.

La sainte Vierge, dit-elle naïvement plus tard, voulait la guérir cette année-là en la mettant presque aussitôt en relation avec quelqu'un qui lui parlait du pèlerinage à Pellevoisin. Le nom de Pellevoisin ne lui était pas tout à fait inconnu; elle avait même prié devant la statue de la « Mère toute Miséricordieuse » dans la basilique du Sacré-Cœur à Montmartre, statue qui fut la première représentant la sainte Vierge, que l'on plaça dans l'église du Vœu national. Avec cela il n'y avait rien de précis ni d'arrêté en ce que savait Mme Noirot à l'égard du nouveau sanctuaire du Berry.

Grâce à certaines personnes avec qui elle était maintenant en rapport, sa foi et sa confiance s'animaient d'heure en heure et elle se préparait avec courage à partir avec les pèlerins de Paris pour Pellevoisin le 7 septembre. Mais elle était si dénuée de ressources, qu'il fallut que le révérend Père Voirin, à cette époque supérieur des Chapelains de la basilique de Montmartre, lui donnât, le jour de son départ, une pièce de deux francs pour payer la voiture qui la conduisit à la gare.

Et elle était si malade qu'en la voyant pour la première fois, les pèlerins avec qui elle devait voyager, furent péniblement impressionnés, croyant qu'ils allaient emmener une mourante qui trépasserait dans le train. Mme Noirot emportait avec elle un certificat médical sur son état, signé par un des docteurs de l'hôpital Saint-Louis.

Son premier acte en arrivant à Pellevoisin fut de prier pendant quelques minutes dans la chapelle des Apparitions. Puis, elle s'installa chez les sœurs aux frais de Mme la comtesse Arthur de La Rochefoucauld qui lui vint en aide en ce moment, comme à d'autres pèlerins pauvres. Ensuite, contrairement à son habitude et, contre toute attente, elle s'endormit d'un sommeil calme et profond. Mais ce sommeil ne dura pas. Elle se réveilla peu de temps après pour se rendre compte qu'elle ne souffrait plus, et aussi pour éprouver une joie indicible, car elle avait la conviction qu'elle était guérie.

Elle réveilla même les pèlerins qui dormaient

dans la même pièce pour leur faire part de l'heureuse nouvelle.

Le lendemain matin, se sentant un peu faible, et peut-être, selon la pauvre nature humaine, craignant un instant que sa confiance et ses convictions de la nuit ne fussent que des illusions, elle se rendit à la chapelle des Apparitions. Là, à genoux, devant la statue de Notre-Dame de Pellevoisin, elle pria longtemps et avec une ferveur intense. La prière suivante jaillit de son cœur : « Bonne mère, ne me laissez pas partir d'ici sans être guérie. Vous savez que j'ai de jeunes enfants. Que deviendront-ils si je meurs ? Envoyez-moi d'autres souffrances si vous voulez, mais guérissez-moi maintenant, et le reste de ma vie se passera à aider à vous faire mieux connaître. »

« La sainte Vierge m'a exaucée, dit la suppliante, car à partir de cette heure, je n'ai plus éprouvé aucune souffrance, et le docteur, en m'examinant quand je suis revenue à Paris, n'a pu découvrir aucune trace de mes maladies précédentes. » Et cela était vrai. Que la guérison radicale ait eu lieu dans la nuit ou le lendemain matin au sanctuaire, ce serait difficile à dire. Mais ce qu'il y a de certain, c'est que Mme Noirot était guérie. Elle retourna chez elle dans un état de parfaite santé, et put se remettre de suite à un travail dur et assidu.

Elle subit de nouveau un examen médical approfondi et l'on ne put constater en elle aucune trace de la maladie ou plutôt des maladies qui avaient failli la conduire au tombeau. Les certificats ayant rapport à son cas sont entre les mains de M. l'abbé Salmon, maintenant curé de Massay.

Plus de onze ans se sont écoulés depuis cette guérison. Nous nous sommes trouvé dernièrement face à face avec Mme Noirot dans son humble logement, 10, place Danecourt à Montmartre, et nous avons recueilli de sa bouche les paroles suivantes :

« Je ne voudrais pas, pour toute la fortune du monde, renoncer à ma conviction que ma guérison a été miraculeuse, et que je la dois à l'intervention de la sainte Vierge, invoquée sous le nom de Notre-Dame de Pellevoisin. » Celle qui parlait ainsi était, comme elle le disait elle-même, pleine de vie et de force.

Nous nous arrêterons devant la guérison d'une religieuse, sœur Adélaïde, de la congrégation de l'Immaculée-Conception de Buzançais. En juin 1886, un médecin de Clermont déclara que cette sœur était atteinte d'une tumeur cancéreuse au sein, et qu'une opération immédiate était nécessaire. Il ajouta que la tumeur était grosse comme la tête d'un enfant. Les choses étaient tellement avancées, qu'on avait retenu une chambre à l'hôpital de Clermont pour la sœur Adélaïde et on avait même fixé les honoraires du médecin.

En attendant, la sœur refusait de se laisser opérer. Dès qu'elle entendit prononcer par la science médicale son arrêt de condamnation, toutes ses pensées se dirigèrent vers le ciel, et elle commença à invoquer incessamment la sainte Vierge sous le titre de Notre-Dame de Pellevoisin, la suppliant de la délivrer des mains des médecins. Cela dura un mois.

Au bout de ce temps, nous trouvons la religieuse à Orléans avec ses supérieures, attendant un autre examen médical qui devait avoir lieu le 17 juillet. Ce jour-là, deux docteurs, un médecin et un chirurgien, furent appelés pour se prononcer sur son état. Ils le firent en déclarant qu'une opération serait inutile et en donnant à entendre que la malade n'avait plus guère que cinq semaines à vivre. Ils ajoutèrent que même si l'opération réussissait le cancer reviendrait sans aucun doute.

Là-dessus, la sœur Adélaïde fut ramenée à la maison-mère de sa congrégation pour mourir, du moins tout le monde le croyait.

Bientôt on voulut tenter un autre essai, et vers la fin du même mois, on l'envoya à Pellevoisin pour tâcher d'obtenir sa guérison par la prière. Inutile de dire qu'elle obéit joyeusement, elle qui n'avait cessé d'invoquer la sainte Vierge en tournant ses pensées vers le sanctuaire de la Mère toute Miséricordieuse, dès qu'elle avait eu connaissance de son état. A Pellevoisin, le ciel parut d'abord sourd à ses supplications et elle en revint sans être guérie.

Mais elle y retourna, quatre mois plus tard, et cette fois le ciel parla. Sa guérison y eut lieu le 3 septembre et fut aussi complète que soudaine. La sœur dit à ce sujet : « Je savais que j'étais guérie. Ma force revint tout à coup, et j'éprouvai un grand sentiment de joie. » Telles furent ses impressions personnelles. Le simple fait matériel fut la disparition soudaine de la tumeur cancéreuse, qui ne laissait aucune trace. Sœur Adélaïde continue : « Grande fut l'émotion de mes compagnes, voyant que non seulement la tumeur avait disparu, mais qu'elle était partie sans laisser la moindre cicatrice. »

La partie malade qui avait alors repris sa forme et son aspect naturels, était auparavant comme une énorme tumeur double, repoussante à voir, et suppurant continuellement à différents endroits. A cette époque, sœur Adelaïde avait cinquante ans. Dans une lettre que nous reçûmes d'elle, datée du 9 novembre 1898, elle nous dit : « Il y a maintenant plus de douze ans que j'ai été l'objet de cette guérison, et depuis, je n'ai pas éprouvé la plus petite douleur ou incommodité dans cette partie si terriblement affectée autrefois. » Elle écrit de plus : « Pendant que je redoutais tellement l'opération des médecins, je n'ai jamais cessé de demander à la sainte Vierge de prendre pour moi les choses en main elle-même. »

Que l'on nous permette d'enchâsser ici le récit de quelques faits inédits venus à la connaissance personnelle de l'auteur.

Ces faits ne prétendent pas relever d'une intervention surnaturelle : ils se posent simplement comme des preuves de l'efficacité de la prière ; néanmoins, il se peut que le miraculeux ne leur soit pas étranger. Le premier que nous citons concerne une de ces femmes admirables, vivant dans le monde comme des sœurs de charité, et dont Paris, malgré ses travers, semble posséder le monopole. Ces êtres d'élite sortent des rangs les plus élevés, telle une Alexandrine de la Ferronnays, comme aussi des rangs les plus humbles. Celle que nous voulons maintenant présenter au lecteur, d'humble naissance, mais pieuse et énergique, vivait sa petite vie indépendante dans une modeste chambre, semblable en cela à cette même Alexandrine que nous venons de citer. Et comme elle, elle passait son temps à aller et venir parmi les pauvres et à prier. Au moment dont nous parlons, elle était atteinte d'une tumeur interne déjà ancienne et qui nécessitait une opération immédiate. Le Dr Péan l'avait soignée auparavant et avait reconnu la gravité de son cas ; mais il avait refusé de l'opérer. Son état devenant plus alarmant et ses souffrances augmentant, la nécessité d'une opération s'imposait chaque jour davantage, comme seule condition de lui sauver la vie. Enfin, le Dr Berger consentit à s'en occuper, et l'opération fut décidée pour la semaine suivante.

En attendant, la malade, tout en se soumettant à la volonté divine et en ne craignant point la souffrance en elle-même, chassait l'idée d'une opération. Or, à ce moment où l'avenir se dressait sombre devant elle, elle rencontra sur le boulevard Montparnasse une amie qui devait aller à Pellevoisin pour y faire un court séjour. La malade se décida bien vite à l'accompagner. Et elle partit, oubliant le médecin, l'hôpital et l'opération.

Cette conduite fut-elle sage de la part d'une personne si pondérée et si sainte ? Peut-être pas, humainement parlant. D'un autre côté nous pouvons supposer, jugeant par la suite, que ce fut la sainte Vierge ou son ange gardien qui conduisit ses pas vers Pellevoisin.

Arrivée là, au sanctuaire de la Mère toute Miséricordieuse, pensez-vous, lecteur, qu'elle y priait pour sa guérison ? Elle dit que non ; ajoutant que, puisque Dieu avait permis ses souffrances, elles devaient être pour son bien.

Mais si elle ne demandait pas sa guérison, elle priait avec ferveur. Enfin selon son aveu, elle passa quelques jours délicieux à Pellevoisin.

Nous arrivons au point le plus intéressant de notre histoire.

Le jour où elle repartit pour Paris et peu après être montée dans le vagon, elle dit joyeusement à son amie : « Je crois que le voyage est en train de me guérir. »

Il faut dire qu'en plus de la tumeur interne, grosse comme la tête d'un enfant, comme lui avaient dit les médecins, cette personne se plaignait depuis quelque temps d'une grosseur extérieure assez considérable dans la région abdominale, qui la gênait et la faisait souffrir.

Ce fut le fait de sentir cette grosseur disparaître rapidement qui lui faisait s'écrier dans le train : « Je crois que le voyage me guérit. »

En effet elle guérissait ou elle était déjà guérie. Elle rentra à Paris heureuse et bien portante.

A part la grosseur extérieure disparue, qui était d'une bien moindre importance, le fibrôme qui avait failli la conduire à la salle d'opérations, qu'elle redoutait si fort, ne donna plus dès ce jour aucun signe d'existence. Trop modeste d'ailleurs pour vouloir se proclamer l'objet d'une guérison miraculeuse, elle n'a pas voulu se soumettre de nouveau à un examen médical.

Nous n'en savons pas davantage sur son cas. Elle aimait à s'exprimer à ce sujet de la façon suivante : « Il est certain que la sainte Vierge m'a délivrée des mains des médecins. » Un *ex-voto* en marbre, placé à Pellevoisin, témoigne de sa reconnaissance.

Nous avons entendu raconter ce fait par la personne en cause et au moment même où il s'est accompli. Dix ans se sont écoulés : nous l'avons entendu raconter de nouveau par la même personne, et cela tout dernièrement.

Rien ne s'est démenti dans l'état régénéré de celle qui, comme nous l'avons vu, a déposé son fardeau d'infirmités en quittant Pellevoisin. Elle se dépense comme autrefois parmi les pauvres, portant quelques années de plus et sa tumeur en moins.

Un autre cas, dont les circonstances nous sont personnellement connues, se rapporte à Rose-Victoire A..., une domestique de vingt-six ans. Au printemps de 1903, cette jeune fille fut tout à coup rappelée de Paris auprès de sa mère gravement malade.

C'était une catholique fervente, animée d'une dévotion particulière envers la sainte Vierge qu'elle invoquait sans cesse sous le titre de Notre-Dame de Pellevoisin. Elle était allée à Pellevoisin plus d'une fois. Elle portait le scapulaire du Sacré-Cœur et, avec tout le zèle possible, le propageait dans son petit entourage.

Nous la vîmes partir pour son long voyage de nuit, en proie à une angoisse indicible.

Humainement parlant, tout son espoir et toute son affection se concentraient dans sa mère. « Oh que Dieu veuille me la conserver ! — Que ferais-je sans elle ! » fit-elle en partant.

Pendant les neuf jours qui suivirent l'arrivée de sa fille, la mère resta entre la vie et la mort. Elle avait soixante-huit ans ; sa maladie était une grave fluxion de poitrine avec des complications. Deux médecins furent appelés auprès d'elle, l'un après l'autre, les docteurs Darnie et Brun, tous deux de la ville de Saint-Céré, dans le Lot, et ils furent chacun d'avis que son cas n'offrait pas d'espoir.

Dès son arrivée, Rose-Victoire s'installa au chevet de la malade et la soigna comme une mère et une fille à la fois.

Elle ne quitta pas cette place pendant les neuf jours suivants : elle ne se déshabilla pas une seule fois durant ce temps.

Et pendant qu'elle prodiguait ses soins, elle ne cessait pas de supplier le ciel. Elle supplia comme on le fait quand on lutte et on prie pour une vie plus chère que la sienne.

En un mot, robuste de foi et d'action, cette fille était à la hauteur de sa tâche. Peu de temps après son arrivée, un scapulaire du Sacré-Cœur, bénit à Pellevoisin, lui avait été envoyé par un prêtre qu'elle connaissait. Nous écrivant, elle dit :

« Je ne perdis pas un instant à le mettre à maman, et, bien qu'il soit difficile de le croire, vu son état et que le médecin ait dit aujourd'hui même qu'il n'y avait pas d'espoir, et que n'importe ce que nous ferions nous ne pourrions pas la sauver, je commence à avoir la conviction que ma mère guérira. Je passe les nuits auprès d'elle, priant tout le temps et avec la statue de Notre-Dame de Pellevoisin à côté de moi. »

Comme il arrive souvent dans ces circonstances, l'espoir nouvellement conçu devait être déçu, mais pas pour longtemps.

Le lendemain, la jeune fille écrivit: « Ma mère est à toute extrémité! Je vois le moment où je ne l'aurai plus. » Deux jours plus tard, elle nous écrivit de nouveau : « Il y a un changement en mieux. le mal est enrayé. » Elle avait raison: sa mère était en voie de guérison.

Voilà les détails de ce petit drame intime où la vie et la mort luttaient, et où une jeune fille agissait et priait avec une énergie surhumaine. Parlant de son angoisse au moment où l'état de la malade s'était empiré, et cela, presque aussitôt qu'elle avait conçu un nouvel espoir et qu'elle venait de lui imposer le scapulaire du Sacré-Cœur, elle dit : « Était-ce pour mettre à l'épreuve ma confiance dans la sainte Vierge ? »

« La voyant au plus mal », continua-t-elle, « ce fut alors que nous fîmes venir le second médecin. Celui-ci jugea comme son confrère et ajouta que si maman n'avait pas reçu les derniers sacrements c'était bien le moment pour cela. Là-dessus je me mis à prier avec plus de ferveur que jamais. »

Elle décrit ensuite la nuit qui suivit. Fils et filles au nombre de sept, tous d'âge mûr, entouraient le lit, attendant le dernier soupir de leur mère. Tout sous leur yeux indiquait que la fin approchait. « Malgré ce que j'endurais pendant cette terrible nuit », dit Rose-Victoire, « et bien que je fusse résignée à la volonté de Dieu quoi qu'il pût arriver, je ne cessai pas de prier, d'implorer, de supplier pour la vie de ma mère. »

Qu'arriva-t-il à un moment donné, que Rose-Victoire consentit à s'absenter et à se jeter sur un lit, elle qui ne s'était ni reposée ni déshabillée depuis plus de neuf jours ? Était-ce que la dernière étincelle d'espoir s'en allait de son cœur et qu'elle ne voulait ou ne pouvait voir mourir sa mère ? Ou étaitelle simplement anéantie par la fatigue ?

Elle revint peu après ; et alors, oh joie ! oh surprise ! elle vit qu'un mieux notable s'était déclaré dans l'état de la malade. On attendit quelques heures, espérant dans une sorte de joie, tout en n'osant pas trop espérer. Mais cet espoir ne fut pas une illusion. Quand le jour se leva et jeta ses clartés dans cette humble chaumière, on y vit que l'ange de la mort était vaincu. Rose-Victoire se sentit exaucée, et le titre de la sainte Vierge, « Mère toute Miséricordieuse », devait avoir désormais pour elle une double signification.

La convalescence de la malade, dont le corps n'était qu'une ruine, devait être longue et pénible ; mais sa fille s'y dévoua avec le dévouement d'une mère pour un enfant qu'elle a failli perdre. Cette ressuscitée, âgée aujourd'hui de soixante-dix ans, peut travailler dans les champs comme un homme. Quelque temps après sa guérison, la fille nous écrivit :

« La sainte Vierge m'accorde tout ce que je lui demande : je sens que je devrais la prier tout le temps pour lui exprimer ma reconnaissance. »

Parmi ces faits inédits que nous nous permettons de révéler, il faudrait en citer un tout à fait d'ordre spirituel. Le voici :

Une concierge de Paris, catholique fervente, envoya à sa mère, demeurant en Auvergne, un scapulaire du Sacré-Cœur, connu plutôt en ce moment-là sous le nom de scapulaire de Pellevoisin. La mère était presque octogénaire, et avait abandonné, au moins depuis trente ans, toute pratique religieuse. Tandis qu'elle n'était qu'indifférente, son mari avait été d'une incroyance absolue, et elle l'avait vu mourir dans cet état. Dans le cours ordinaire des choses il est à supposer que cette personne aurait fini ses jours comme elle en avait passé une grande partie. Le scapulaire lui est arrivé comme nous l'avons dit : elle l'accepta et elle le porta.

Peu après, quelques jours seulement si nous avons bonne mémoire, faible, infirme, et malgré bien des obstacles, elle se mit en route pour Paris. En y arrivant, ses premiers mots en descendant chez sa fille, la concierge, furent : « Mon enfant, je suis venue terminer ma conversion ; conduisez-moi à un prêtre. » Elle n'attendit pas qu'on l'y conduisît, elle alla en trouver un elle-même; et de bonne heure, le lendemain matin, elle était à ses pieds dans l'église de Saint-François-Xavier. Ce jour-là, nous l'avons entendue dire : « Je dois ma conversion à Notre-Dame de Pellevoisin. »

Comme leçon de choses nous citons une grâce temporelle que les personnes intéressées n'hésitent pas à attribuer au port du scapulaire du Sacré-Cœur révélé à Pellevoisin. Mme Louis Motte de Tourcoing voyageait, avec trois de ses enfants, dans un train marchant à toute vitesse. Une portière étant mal fermée, une des petites filles fut précipitée sur la voie. Aussitôt la mère crut entendre en elle-même ces paroles : « Ton enfant porte le scapulaire et toi aussi; va à son secours. Je te protégerai. » Instantanément elle s'élança dehors pour tomber sans connaissance auprès de sa fille.

Revenant à elle au bout de dix minutes environ, elle se lève, prend l'enfant dans ses bras et gagne le talus près de la cabane du garde-barrière. Là elle retombe inanimée de nouveau tandis qu'un express passait sur la voie qu'elle venait de quitter.

L'enfant n'avait aucun mal.

CHAPITRE V

Nous venons de considérer Pellevoisin plutôt en ce qu'il nous offre de remarquable en fait de guérisons matérielles. Voulant l'envisager maintenant sous un aspect qui semble lui être particulier, nous allons citer certains cas signalés de possession diabolique qui ont trouvé leur guérison dans son sanctuaire vénéré.

Possession diabolique! Le mot peut faire sourire plus d'un lecteur, même catholique. Cependant, les théologiens des temps présents, pas plus que ceux du passé, ne reculent pas devant l'idée exprimée par ce mot. De plus, la science moderne projette des clartés étonnantes sur la vieille doctrine de l'Église au sujet du pouvoir des démons sur les hommes.

Il y a de nos jours de curieuses et d'inexplicables maladies qui intriguent la science, et qu'elle classe avec plus ou moins d'exactitude sous les noms d'hystérie et de névrose. Nous, catholiques, nous devons conclure que, dès que l'Église permet l'exorcisme sur des victimes de ces maladies étranges, la nature du mal à chasser est plus que suspecte.

Et ces tristes cas ne sont pas aussi rares parmi nous qu'on pourrait le supposer. Sans aller bien loin, il y a actuellement dans le diocèse de Blois une personne considérée comme possédée du démon;

et une, dans le diocèse de Tours; et une autre dans celui d'Angers; et sur chacune l'Église permet l'exorcisme. Paris, la Babylone de la France et en même temps sa Jérusalem, est loin d'être exempt de possession diabolique. Le Révérend P. de Haza, autorisé à exorciser dans le diocèse de la capitale, pourrait en dire long là-dessus.

Nous allons voir ce que Pellevoisin nous révèle à ce sujet. Un cas très remarquable de ce genre de phénomène est celui de Françoise Millet, une fille de paysans habitant Carmagne non loin de Bourges.

En 1882, cette enfant, âgée alors de douze ans, fut atteinte d'une maladie étrange, bizarre, et que les médecins de l'endroit ne comprenaient guère. Elle se trouva sujette à des crises journalières qui ne ressemblaient en rien à l'épilepsie, et qui duraient quelquefois des heures entières. En ces moments, elle se tordait dans les convulsions et poussait des cris étranges. Elle savait aboyer comme un chien, miauler comme un chat, et chanter comme un coq. La vue d'un objet sacré, la mettait en des paroxysmes de rage. D'après le témoignage des personnes mêlées à sa vie, elle possédait à un degré remarquable le don de seconde vue. Elle voyait souvent les choses qui se passaient à distance comme elle prévoyait celles qui devaient arriver.

Le médecin qui soignait l'enfant conseillait aux parents de la mettre dans un asile d'aliénés, et le conseil aurait probablement été suivi, sans l'intervention opportune du Révérend Père Jean-Joseph, du couvent des Franciscains de Bourges. Ce religieux ayant entendu parler de la petite Françoise, exprima le désir de la voir. Elle fut donc amenée en sa présence. En la voyant et l'examinant, il acquit la certitude qu'en elle, on avait affaire à un cas de possession du démon; et en faisant part de sa conviction à ses parents, il leur dit :

« Menez-la à Pellevoisin ; si elle est tourmentée par le démon, la sainte Vierge la délivrera. »

Par conséquent l'enfant fut conduite à Pellevoisin le jeudi suivant. Elle y resta même le lendemain où une messe fut célébrée à son intention dans la chapelle des apparitions. Elle assista à cette messe à la suite de laquelle elle parla ainsi à monsieur le curé :

« Pendant que vous disiez la messe, la sainte Vierge m'a dit : « Mon enfant, tu seras guérie dimanche prochain, à onze heures. »

« Enfant », répondit le prêtre, « comment avez-vous entendu ces mots? était-ce avec vos oreilles? »

« Non, Monsieur; c'était avec mon cœur. J'ai entendu au fond de moi une voix claire et douce qui m'a dit :

« Mon enfant, tu seras guérie dimanche prochain à onze heures. »

Le prêtre fut d'autant plus impressionné de ce qu'il apprit qu'il savait que les paroles de l'enfant étaient parfaitement d'accord avec les enseignements de la théologie mystique, en ce qu'on peut voir et entendre autrement que par le moyen des sens. Françoise Millet rentra chez elle, et fut plus malade qu'à l'ordinaire le jour suivant.

Le dimanche matin, à l'heure attendue avec tant d'espoir, c'est-à-dire à onze heures, il n'y eut pas d'amélioration dans sa condition.

Les parents commencèrent à croire que la guérison prédite n'était qu'une illusion. Il ne leur vint pas à l'idée qu'avant que la journée ne fût passée, l'horloge sonnerait encore onze heures. A neuf heures, la famille se coucha comme tous les autres soirs, Françoise se rendant toute seule dans sa petite chambre.

L'enfant s'endormit de suite et profondément, pour se réveiller à onze heures précises. Elle nous a dit : « Juste comme le train passait (et il passe à onze heures), je fus réveillée par deux petits coups sur mon côté. Je n'avais pas du tout peur. J'entendis alors dans mon cœur, de la même manière qu'à Pellevoisin, ces mots prononcés très distinctement :

« Mon enfant, tu n'auras plus d'attaques, mais tu souffriras de maux de tête et de cœur, jusqu'à ce que tu reviennes me voir. »

A partir de ce moment, les crises terribles qui s'étaient renouvelées au moins deux fois par jour depuis plus d'un an, cessèrent tout à fait. Mais l'enfant commença à souffrir de la tête et de maux de cœur. Cet état continua jusqu'à la seconde visite à Pellevoisin. Alors tout symptôme de maladie et de souffrance disparut et Françoise Millet retourna chez elle parfaitement guérie.

Ce fait est attesté par un *ex voto* de marbre placé dans la chapelle des apparitions.

L'année suivante, le 9 septembre, Françoise Millet et ses parents se rendirent à Pellevoisin en pèlerinage d'action de grâce. Dans la foule qui y était rassemblée pour le pèlerinage annuel, il se trouvait une fille de vingt-cinq ans dont l'état ressemblait beaucoup à celui de la petite Françoise avant sa guérison.

On les rapprocha, on les fit agenouiller ensemble et on fit prier l'enfant délivrée pour la pauvre créature qui, à côté d'elle, était en proie à des tortures affreuses.

Cette scène touchante se passa dans la chapelle des apparitions remplie de monde.

La jeune fille affligée, Marie Saboureau, souffrait d'un mal dont les médecins ne pouvaient se rendre compte, mais que des prêtres qui l'avaient étudié n'hésitèrent pas à proclamer un cas de possession diabolique. Paysanne, née à Rivesaltes dans les Pyrénées-Orientales, cette personne, au moment dont nous parlons, se trouvait à Pellevoisin sous la garde d'une dame demeurant à Lunel. C'est du fils de cette dame, M. Clément G...., que nous tenons les détails intéressants qui vont suivre. Il faut dire que M. G.... ne fut pas seulement témoin des scènes qu'il décrit, mais qu'il y joua un rôle actif.

De plus, son témoignage est corroboré par ceux qui furent témoins avec lui, à Pellevoisin, des différentes phases de ce cas des plus curieux.

Parmi ces témoins, on peut citer M. l'abbé Salmon, curé de Pellevoisin, et le Révérend Père Le Borgne, S. M., de l'Institution Saint-Vincent à Senlis.

Dès sa jeunesse, Marie Saboureau s'était toujours montrée honnête et pieuse. En dehors de ces moments où elle semblait être possédée par des esprits infernaux et leur servir d'organe, elle était sous tous les rapports une catholique exemplaire. Quelquefois elle disait : « Il peut posséder mon corps, mais il ne possédera jamais mon âme. » Dans ses mauvaises heures, et elles étaient nombreuses, parfois elle se roulait par terre dans des contorsions affreuses ; parfois elle hurlait et beuglait comme des animaux sauvages ; tandis que toujours, à la vue d'un objet sacré quelconque, elle tombait dans un état presque frénétique.

Ce fut à ces instants-là que des révélations extraordinaires lui échappaient, et que, pauvre fille ignorante de la campagne, sans instruction aucune, elle comprenait parfaitement le latin.

Quand nous la trouvons à Pellevoisin le 9 septembre 1883, elle y était déjà depuis trois semaines. Parmi les scènes, en apparence de portée toute satanique, qui se déroulèrent vers ce moment-là, il y en a une que nous voudrions signaler. Marie Saboureau se trouvait un jour dans la chapelle des apparitions, entourée de quelques personnes, y compris M. le curé de Pellevoisin et M. G.... Se levant tout à coup, elle s'écria : « Donnez-moi de l'eau ! J'ai soif ! Je brûle ! » Ses yeux semblaient prêts à sortir de leur orbite, tandis que sa bouche grande ouverte, laissait voir sa langue et son palais enflés. Le tout présentait un aspect hideux. Se tordant de rage, elle criait toujours : « Donnez-moi de l'eau, j'ai soif, je brûle. »

Ici, M. l'abbé Salmon lui mouilla les lèvres avec quelques gouttes d'eau bénite.

Un autre indice de l'état de possession de Marie Saboureau était son refus obstiné de rendre aucun hommage au Saint-Sacrement. Une fois, les efforts de sept personnes réunies purent à peine lui faire ployer le genou devant le tabernacle. Une autre fois qu'on voulait arriver au même résultat, on l'entendit dire : « Pour moi pas d'espérance, pas de gloire ? »

Ici viennent instinctivement à l'esprit les paroles du possédé de l'Évangile qui dit : « Qu'ai-je à faire avec toi, Jésus Fils du Dieu Très-Haut. » A certains instants la possédée s'avançait sur le dos en zigzag sans la moindre action des pieds ni des mains, comme un véritable serpent ; elle sifflait aussi comme un serpent.

Dans ces moments, elle grimpait sur les grilles de l'autel, et passait de l'autre côté comme l'aurait fait le maudit reptile de la Bible s'il avait eu à faire un manège pareil.

Au moment du Pèlerinage annuel, différents prêtres appliquèrent à Marie Saboureau les prières liturgiques de l'Église, mais sans autres résultats que de se convaincre plus que jamais qu'ils avaient affaire à un cas très spécial de possession diabolique.

Un des prêtres qui firent ainsi des efforts pour lutter contre l'ennemi invisible fut le révérend Père Feuillet, de l'Ordre de Saint-Dominique. La connaissance du latin dont la jeune fille faisait preuve dans ces circonstances était absolument renversante. Elle avait toujours une réponse prête pour toutes les adjurations liturgiques. Des nuits furent passées pour elle en prière dans la chapelle afin d'obtenir sa délivrance.

Nous arrivons au dernier acte du drame. Le soir du 15 septembre, la possédée se trouvait dans la chapelle des apparitions avec quelques personnes qui s'intéressaient le plus à son état. M. le curé de Pellevoisin était du nombre.

Il y avait des indices que le moment de la délivrance approchait. Pendant trois heures consécutives, de violentes convulsions terrassèrent la victime. A onze heures, ces accès cessèrent tout à coup, et Marie Saboureau pendant un moment fit l'effet de quelqu'un qui voit des choses invisibles aux autres. Pour les spectateurs, c'était comme si l'ennemi infernal était très près d'elle, quoique ne possédant plus de pouvoir sur son corps. Bientôt elle tomba à genoux devant la statue de Notre-Dame de Pellevoisin et d'une voix entrecoupée de sanglots, s'écria : « O ma bonne mère, venez à mon secours ; chassez ce vilain monstre, éloignez-le de moi ! Je suis votre enfant, je vous appartiens. Vous savez que je le renonce et que je le déteste. O ma mère, ne m'abandonnez pas ! » Puis, elle se tourna vers l'endroit où l'ennemi semblait être, et, d'une forte voix, prononça ces mots : « Au nom de Notre Seigneur Jésus-Christ, va-t'en. »

Pendant cette dernière scène, on eût dit que cette fille appartenait à un autre monde que le nôtre.

Revenue à elle-même, elle parla, sourit, et remercia ceux qui l'entouraient. Tout était fini ! On chanta le *Salve Regina* en action de grâce : Marie Saboureau était redevenue la chrétienne bonne, pieuse et édifiante qu'elle avait été auparavant. Elle entra au service de la dame qui l'avait conduite à Pellevoisin et à qui, après le ciel, elle devait sa délivrance ; et elle y resta douze ans, sa maîtresse la considérant plutôt comme sa fille que comme une servante.

Dans l'automne de 1902, nous fûmes témoin à Pellevoisin de faitsanalogues à ceux que nous venons de décrire.

En 1896, un cas remarquable appartenant à cette

classe de phénomènes vint à notre connaissance. Il fut appuyé par le témoignage de M. le chanoine Brettes de la cathédrale de Paris qui passe pour une autorité dans ces questions et qui prêcha cette année-là à Pellevoisin, à l'occasion du pèlerinage du 9 septembre. Pendant les trois jours que dura le pèlerinage, une personne, sur sa demande, fut chaleureusement recommandée aux prières des pèlerins réunis.

Cette personne, Madame B..., était de Paris et M. Brettes lui-même l'avait exorcisée par intervalles depuis quatre ans.

D'après lui et aussi d'après d'autres juges compétents, elle offrait des signes certains de possession diabolique. Son état datait de près de vingt ans. Elle fut complètement guérie, ou plutôt délivrée dans la matinée du 9 septembre, le grand jour du pèlerinage, et l'anniversaire de la révélation du scapulaire. Pendant ce temps, Madame B..., tout en portant le scapulaire, ignorait tout ce qui concernait Pellevoisin, même jusqu'au nom de l'endroit.

Donc, elle était loin de se figurer ce qui se faisait pour elle dans ce sanctuaire du Berry.

Les détails de sa guérison furent racontés par M. le chanoine Brettes dans une lettre à M. l'abbé Salmon, qui parut dans le Bulletin de *l'Archiconfrérie de Notre-Dame de Pellevoisin*, le 15 septembre 1896. Nous y lisons : « Le fait de la délivrance pendant le pèlerinage parisien à Pellevoisin est aussi certain que l'était celui de la possession auparavant. »

Avec ou sans les détails qui l'entourent, il n'en est pas moins un superbe joyau à ajouter à l'écrin de la Mère toute Miséricordieuse qui écrase si bien à Pellevoisin la tête de l'infernal serpent.

Un autre cas remarquable du même genre, c'est la guérison à Pellevoisin d'une jeune fille au printemps de 1900. L'affaire étant venue à la connaissance personnelle du cardinal Perraud, évêque d'Autun, ce prélat en fournit le témoignage suivant, qui fut publié dans la *Voix de Marie*, publication mariale qui paraissait à cette époque avec l'*Imprimatur* de l'évêque de Blois.

« Autun, 27 novembre 1901.

« Sur le certificat médical du docteur appelé à examiner le phénomène extraordinaire qui s'est présenté dans la personne de Mademoiselle X... dans le courant des années 1899 et 1900, je suis disposé à sanctionner les conclusions contenues dans son rapport, et à considérer avec lui, que ces phénomènes offrent le caractère d'obsession diabolique de laquelle Mademoiselle X... fut délivrée à la fin du pèlerinage fait par elle au sanctuaire de Notre-Dame de Pellevoisin.

« + Adolphe-Louis-Albert, cardinal PERRAUD,
Évêque d'Autun. »

Le révérend Père Schauffer, O. M. I., un des chapelains de la basilique de Montmartre prêchant à Pellevoisin en 1895 au moment du pèlerinage annuel, fit ressortir d'une manière saisissante les rapports qui existent entre ce nouveau sanctuaire et certains faits sataniques de nos jours.

Ayant démontré d'une manière magistrale que l'antagonisme entre l'ennemi du genre humain et la Vierge, Mère du Christ, avait existé dès le commencement, alors que cette Vierge-Mère n'était encore que dans la pensée de Dieu, et arrivant aux temps présents, le prédicateur demanda si le prince des ténèbres avait abandonné sa lutte avec le ciel. Pour réponse, il s'écria : « Jetez les yeux autour de vous, mes frères. Mais regardez bien ; prêtez l'oreille aux bruits qui vous arrivent. Le voyez-vous, Satan, se multipliant, se centuplant dans notre siècle, afin d'être partout à la fois ? Entendez-vous ces cris de haine et de mort qu'il profère contre Dieu et son Christ, et tout ce qui est à Dieu et à son Christ. Ne sommes-nous pas nous-mêmes, mes frères, en même temps les témoins, les acteurs, et, trop souvent hélas! les victimes de cette lutte effroyable? Satan semble avoir repris le sceptre du monde. Son but est toujours le même, sa tactique n'a pas changé ; il ne s'est pas mis en peine de rien inventer de nouveau ; il s'est contenté d'adapter ses moyens au tempérament de notre époque, les employant toutefois avec une recrudescence de fureur et de rage.

« On nous demande où il est, on nous traite d'insensés ou d'imprudents, si nous osons montrer sa tête partout dressée pour mordre et détruire ce que peut atteindre sa dent meurtrière. De providentielles, mais redoutables révélations, nous apprennent qu'aujourd'hui Satan a ses adorateurs, ses cérémonies, sa liturgie, son culte... Aux grands maux les grands remèdes. Regardons la montagne ; l'aurore illumine son sommet ; l'arc-en-ciel brille dans les nuées orageuses qui l'enveloppent. C'est le secours qui nous vient, c'est le salut, c'est Marie l'immortelle ennemie, la glorieuse triomphatrice de Satan... »

Envisageant le sujet de Pellevoisin dans toute son actualité, le prédicateur s'écria : « C'est ici, aux pieds de la Mère toute Miséricordieuse qu'on doit venir s'armer contre Satan, chercher force et secours dans la bataille que les puissances des ténèbres nous livrent sans cesse. C'est ici, qu'est la tour puissante aux flancs de laquelle sont suspendus mille boucliers pour le service des enfants de Dieu. Et maintenant, nous pouvons chanter : gloire à vous, o vierge de Pellevoisin, o mère toute miséricordieuse, car vous êtes un des grands signes apparus dans le ciel de l'Église de Dieu.

En ce qui concerne Pellevoisin, on pourrait s'étendre davantage sur ce sujet délicat, sujet que la science du vingtième siècle ne peut éclaircir qu'en partie et qui pour avoir une explication satisfaisante doit encore se rapporter à la théologie.

En effet bien des opinions se sont produites au sujet de divers faits de possession diabolique : aussi, ne devons-nous en parler qu'avec une certaine prudence. Mais quelle que soit l'idée que s'en fasse le lecteur, il n'en reste pas moins vrai que dans les cas que nous avons cités, des personnes ont été délivrées de leurs souffrances, et cela à la suite de prières adressées à Notre-Dame de Pellevoisin.

CHAPITRE VI

Tandis que pendant près de trente ans l'histoire de Pellevoisin s'est inscrite par des faits dans le monde entier, Estelle Faguette a mené une existence calme, une vie exemplaire, réalisant dans sa personne les paroles qu'elle dit lui avoir été adressées dans une apparition :

« Je choisis les faibles et les petits pour ma gloire. »

L'honnêteté et la droiture l'ont caractérisée, dès le commencement. Une simplicité — mais une simplicité intelligente, — est empreinte sur toute sa personne. Tout en restant dans son milieu et en vivant d'une vie retirée, elle s'est trouvée en contact avec beaucoup de personnes. Des théologiens accomplis l'ont questionnée et étudiée ; mais, jamais on n'a pu découvrir dans ses réponses le moindre désaccord, ni dans son attitude le plus faible point. Elle est toujours restée juste, calme, droite et logique.

Au mois de janvier 1900, nous voyons cette femme retirée de sa vie ordinaire et emmenée dans la ville éternelle : nous la voyons conduite aux pieds du Saint-Père par la duchesse d'Estissac.

Cette dame était devant Léon XIII, ainsi que Mgr Touchet, évêque d'Orléans, quand Sa Sainteté dit : « Qu'Estelle entre ». Estelle entra, et les autres personnes se retirèrent. Le Pape et la voyante de Pellevoisin se trouvèrent seuls.

Nous avons entendu des lèvres mêmes de cette dernière le récit de ce qui suivit. Mais le fait qui devait suivre concernant le scapulaire dira mieux que toute parole la portée de l'entrevue.

Léon XIII appela l'humble fille à ses pieds : *Figlia Stella*, et s'inclina pour écouter ses communications. Son attitude était celle de la bienveillance la plus paternelle. La conversation se tournant sur la France, il dit : « Maintenant, parlez-moi de la France.

— Saint Père, répondit Estelle, la sainte Vierge a dit que la France aurait à souffrir.

— Oui, reprit le Pontife, la France aura à souffrir. »

Alors il questionna Estelle sur les apparitions, et accepta un scapulaire du Sacré-Cœur, qu'elle lui offrit à genoux.

« Et que désirez-vous que je fasse au sujet de votre scapulaire, Figlia Stella, demanda-t-il au bout d'un instant.

— L'approuver et lui donner votre bénédiction, Très Saint Père », fut la réponse.

Estelle se hasarda alors à prier Sa Sainteté de daigner communiquer par écrit au R. P. J.-B. Lémius, O. M. I., alors supérieur des chapelains de l'église du Sacré-Cœur à Montmartre, certaines instructions et des encouragements concernant le scapulaire, de façon que cet emblème de dévotion pût se répandre de la basilique nationale comme d'un grand centre rayonnant sur le monde.

« Ce bon religieux vient-il souvent à Rome? demanda Sa Sainteté.

— Oui, Très Saint Père, répondit Estelle.

— Qu'il écrive et je signerai, dit Léon XIII, au bout d'un instant. *Figlia Stella*, poursuivit-il, parlez-moi de la sainte Vierge..... Il faut la prier pour moi, *Figlia Stella*, il faut la prier pour que ma vie soit conservée pour le bien de l'Église.

— C'est ce que je fais tous les jours de ma vie Très Saint Père, répondit Estelle. »

Belle — historique — cette entrevue entre le grand pape Léon XIII et l'humble fille du peuple, alors dans l'automne de ses jours, mais dont les yeux bleus et limpides reflétaient encore la candeur et l'innocence de l'enfant.

Le révérend Père Joseph Lémius, procureur général de la congrégation des Oblats de Marie, informé de ce qui s'était passé entre le Pape et Estelle, vit plus loin. L'idée lui vint d'essayer d'obtenir l'approbation canonique du scapulaire, et il s'empressa de conférer à ce sujet avec le cardinal Masella, préfet de la congrégation des Rites, et autrefois son professeur.

D'abord le cardinal ne laissa pas espérer que satisfaction serait donnée à l'idée émise par le Père Lémius. Il promit cependant de soumettre la question au Saint-Père.

A quelques jours de là, Estelle Faguette, accompagnée cette fois de la duchesse d'Estissac et de Mgr Touchet, évêque d'Orléans, fut de nouveau reçue en audience par le Pape.

Au cours de cette entrevue, Léon XIII regardant la voyante de Pellevoisin et souriant, lui dit : « *Figlia Stella*, je n'ai pas oublié votre scapulaire. J'en parlerai demain. »

Il faut dire que Sa Saintété offrit sa main à

Estelle, tandis qu'à cette occasion il n'honora pas de pareille manière les autres personnes présentes.

Lorsque d'après la promesse du cardinal Masella la question de l'approbation canonique du scapulaire fut soumise au Saint-Père, Léon XIII y donna son consentement. Ensuite la Sacrée Congrégation des Rites prit la chose en main, examina le scapulaire et l'approuva dans un décret daté du 4 avril 1900. On fera mieux comprendre peut-être la portée de ce décret en citant des autorités.

La *Civilta Cattolica* de janvier 1901 commence sa notice à ce sujet par une allusion à la pratique introduite par la bienheureuse Marguerite-Marie Alacoque, de porter sur soi un insigne du Sacré-Cœur. Nous lisons ensuite :

« Bien que cet insigne peint ou brodé sur l'étoffe portât le nom de scapulaire, de fait il n'en était pas un, n'en ayant ni la forme, ni les parties nécessaires. Mais en 1876, un scapulaire à proprement parler, parut. Il était en laine blanche, composé de deux parties, l'une descendant sur la poitrine et portant l'image du Sacré-Cœur et l'autre descendant sur le dos, et portant l'image de la sainte Vierge sous le titre de *Mater misericordiæ*. C'est ce scapulaire qui a été récemment offert à Notre Saint-Père Léon XIII, qui l'a approuvé et l'a enrichi de nombreuses indulgences, par un décret de la Sacrée Congrégation des Rites, du 4 avril 1900. Le décret prescrit une formule spéciale pour la bénédiction et l'imposition du scapulaire. »

Ainsi parle la *Civilta Cattolica.*

Par un autre décret de la même congrégation, daté du 19 mai 1900, les droits concernant le scapulaire furent conférés au supérieur général des Oblats de Marie-Immaculée, avec le pouvoir de déléguer ces droits, non seulement aux prêtres de sa congrégation, mais à tous ceux qui pourraient le demander.

Dans le même décret, le supérieur des chapelains de Paray-le-Monial, celui de la basilique de Montmartre, et le recteur de l'église *In Pace* de Rome participent aux privilèges accordés à la congrégation des Oblats.

Nous nous reportons maintenant à une notice officielle publiée par cette congrégation en 1900, et qui avait paru d'abord en latin.

Après avoir donné l'historique du quasi-scapulaire de la bienheureuse Marguerite-Marie Alacoque, cette notice indique l'année 1876 comme celle de la naissance du nouveau et complet scapulaire du Sacré-Cœur dont il s'agit.

Puis, dans un renvoi, nous lisons : « Il est ici question du scapulaire de Notre-Dame de Pellevoisin, approuvé le 28 juillet 1877 par Mgr de la Tour d'Auvergne et aujourd'hui répandu parmi les fidèles : c'est ce scapulaire qui, cette année, 1900, a été présenté au Souverain Pontife et que la Congrégation des Rites a examiné et approuvé avec deux modifications légères, savoir : qu'on effacerait le scapulaire sur la poitrine de la sainte Vierge et qu'on remplacerait ces paroles : *Je suis toute miséricordieuse, j'aime cette dévotion*, par celles-ci : *Mater Misericordiæ.* » Que dire de ces modifications, si ce n'est qu'elles réalisent d'une manière saisissante ces paroles de la 15e apparition rapportées par Estelle : « Tu soumettras ta pensée et l'Église décidera. »

Un éloquent évêque français, s'entretenant récemment à ce sujet avec un prélat mêlé à la cause de Pellevoisin s'exclama avec fougue : Monseigneur, l'Église a deux fois approuvé le scapulaire ; elle l'a approuvé par le décret même et encore par les modifications qu'elle y a apportées, en accomplissant à la lettre les paroles à la voyante : « Tu soumettras ta pensée et l'Église décidera. » Nous tenons ces mots de la bouche même de celui qui les prononça.

Mgr Touchet, revenant en France au printemps de 1900, prit pour sujet de sa lettre pastorale pour le carême de cette année, la dévotion au Sacré-Cœur, et y fit allusion aux événements de Pellevoisin en ces termes :

« Un fait qui n'eut pas un retentissement extraordinaire d'abord, mais qui, j'en ai la conviction, aura des résultats considérables et imprévus, les apparitions de Pellevoisin, augmentèrent la foi publique. La Vierge Marie devenait l'Apôtre du Sacré-Cœur. Elle apportait le scapulaire à une pauvre fille, s'en parait elle-même comme d'un cher vêtement, promettait ses bénédictions à qui l'imiterait, et demandait à ses fidèles de croire que le salut des hommes et des choses, même aux heures les plus désespérées, peut survenir, si on prie le Cœur de Jésus. »

Le décret romain approuvant le scapulaire suivit ce mandement de quelques semaines.

CHAPITRE VII

Nous voyons donc entrer notre scapulaire dans une nouvelle phase de son histoire, de même que la dévotion dont ce scapulaire est comme l'étendard. Triomphe pour le scapulaire : persécution pour la dévotion. Oui, un accès de persécution presque inouïe, même en pareille matière, allait assaillir tout ce qui concernait Pellevoisin. Presque inouïe, disons-nous, mais pas tout à fait : car, on n'a qu'à se reporter par la pensée un demi-siècle en arrière et voir l'explosion de haine et de rage qui accueillit la décision doctrinale prononcée par l'évêque de Grenoble sur l'affaire de la Salette. Ici ce n'est pas une décision doctrinale d'un prélat, mais l'action de Rome au sujet du scapulaire qui a dû mettre en émoi les ennemis du surnaturel et de Pellevoisin en particulier. Dans ces deux épisodes, se rapportant, l'un à la Salette, et l'autre à Pellevoisin, à cinquante ans de distance, nous voyons encore se répéter l'histoire.

Envisageons un instant Estelle Faguette contre qui, comme point de mire, la persécution allait d'abord sévir. Après son voyage à Rome, elle rentrait en France pour continuer d'accomplir sa mission ; et elle allait l'accomplir d'une manière toute spéciale en faisant éclater en sa personne la vérité de ces paroles de la cinquième apparition : « Tu auras des embûches ; on te traitera de visionnaire, d'exaltée, de folle... » Nous voudrions rapporter ici un fait qui, sans entrer directement dans les enseignements des apparitions, n'est pas sans intérêt pour le lecteur ni sans une portée psychologique.

Quand au cours de la quinzième apparition Estelle venait d'entendre ces paroles exquises : « Je serai invisiblement près de toi », d'après elle un autre phénomène s'accomplit. « Je voyais à cet instant », dit-elle dans son récit, « dans le lointain à gauche, une foule de gens de toute sorte ; ils me menaçaient et faisaient des gestes de colère. J'avais un peu peur. La sainte Vierge souriait et me dit : « *Tu n'as rien à craindre de ceux-ci : je t'ai choisie pour publier ma gloire et répandre cette dévotion.* »

Que signifiait cette scène symbolique, ces ombres sinistres à gauche ? Elle vous répondrait que, dans les gens qui la menaçaient ainsi, elle distinguait, jusque dans leur physionomie et leurs habillements, quelques-uns de ces détracteurs les plus acharnés de ces tout à fait derniers temps.

Ce phénomène rappelle celui de la Salette où Mélanie vit se dérouler dans son esprit un tableau des maux qui devaient affliger la France.

Cette vision de l'avenir chez Estelle dans le fait que nous rapportons est loin d'être sans précédent dans cet ordre de choses, même dans les temps actuels. Dans le cas de la privilégiée de Pellevoisin, comme dans celui de la voyante de la Salette, c'est la cause représentée et non pas la pauvre créature humaine qui a été vraiment en butte aux persécutions. Autrement, comment expliquer la campagne de calomnies qui a sévi tout à coup contre une femme inoffensive, intègre, exemplaire, et qui venait d'être l'objetd'un accueil si paternellement et cordialement bienveillant de la part du Père des fidèles ?

Et en voulant supprimer la voyante de Pellevoisin, on a voulu naturellement supprimer la dévotion dont Pellevoisin est le foyer. Le préfet du département s'en est mêlé et, dernièrement, la procession au moment du pèlerinage annuel a été interdite ; et la chapelle des Apparitions a été fermée ; et ces paroles, attribuées à quelqu'un en vue au Palais-Bourbon et reproduites par un journal du Berry, sont courantes : « Nous n'avons pas besoin d'un autre Lourdes en France. »

Mais les amis de Pellevoisin n'en sont pas découragés. Au contraire, ils regardent la persécution actuelle comme un bon signe et nécessaire malgré les inconvénients qui en découlent. Ils savent que leur dévotion s'étend davantage et jette des racines de plus en plus profondes en France et à l'étranger. En effet, cette extension dans ces derniers temps est vraiment surprenante.

Nous trouvant dans la chapelle des Apparitions au mois de juillet 1900, nous vîmes entrer deux prêtres, à l'air un peu étranger. Ils venaient de Montréal, et apportaient les noms de 3.700 nouveaux associés à l'Archiconfrérie.

Des centres de dévotion rattachés à Pellevoisin s'élèvent à travers la France ; le plus important est celui qui a son centre dans l'église de Saint-Eucher à Lyon. Là, se trouve une chapelle dédiée à Notre-Dame de Pellevoisin, qui est le siège d'une confrérie en l'honneur de la Mère de miséricorde canoniquement érigée et affiliée à l'Association-mère.

Le curé de cette église, M. l'abbé Pierre Bauron, dont nous avons déjà parlé dans ces pages, a, depuis le commencement de ce siècle, été élevé à la dignité de protonotaire apostolique en reconnaissance des services rendus par lui au Congrès marial de Fribourg.

A Pellevoisin lui-même, les signes sont encourageants. On vient d'y construire un hôtel assez grand pour abriter plusieurs centaines de pèlerins. Et à peu de distance se dresse un magnifique calvaire encore en construction mais déjà un point de mire pour tout le pays environnant. Cette œuvre importante, on la devra aux efforts infatigables du révérend Père Le Borgne, de Senlis.

Le moment est venu de dire quelques mots sur la procession qui s'y est déroulée annuellement depuis vingt-six ans à l'occasion du pèlerinage du 9 septembre.

C'est un long cortège, d'abord aux teintes éclatantes, et, ensuite composé de la foule des pèlerins rassemblés, qui part de l'église paroissiale et serpente dans une certaine étendue de pays. Ordinairement, le soleil brille, le ciel est serein, en un mot, il fait un temps superbe. De distance en distance les bannières flottent, les chants s'élèvent, et les brises emportent au loin les refrains : *Laudate Mariam* et « Terre bénie de Pellevoisin ».

La ligne étincelante, mouvante, gravit la pente douce qui sépare les vallées de l'Indre et du Nohant. Une magnifique étendue de pays se déroule de tous les côtés, —scène éblouissante, chatoyante, par une belle journée de septembre, et dont les contours arrondis et les ondulations naturelles se fondent dans les teintes indéfinissables des horizons lointains.

Les pèlerins reviennent, toujours en chantant, à travers des prés verts et des champs dorés, et s'arrêtent devant la chapelle des apparitions ; là, entassés par milliers, ils ont eu l'habitude, jusqu'à la fermeture officielle toute récente de leur oratoire d'entendre de la bouche d'un prédicateur de choix quelques paroles émouvantes, se rapportant pour la plupart à l'histoire des apparitions.

Parmi les prédicateurs de marque qui ont prêché à Pellevoisin au moment de son pèlerinage annuel, nous pouvons citer le Révérend Père Terrade, mariste ; M. l'abbé Valadier, actuellement curé de Notre-Dame d'Aubervilliers ; le Révérend Père Tesnières, de la congrégation des Pères du Saint-Sacrement ; et tout récemment M. l'abbé Lemire.

En considérant le mouvement religieux qui anime ce nouveau sanctuaire et en découle, on pense au prêtre digne et vaillant qui a contribué si puissamment à le créer. Nous parlons de M. l'abbé Salmon, maintenant curé de Massay. Fondateur, organisateur, et directeur habile de la grande œuvre éclose du Fait de Pellevoisin en 1876, il a jeté des racines profondes.

Considérons un peu Pellevoisin, non pas précisément comme centre religieux mais au point de vue de la beauté et de l'étendue du paysage qu'il offre à nos regards. Pour cela plaçons-nous sur l'éminence où est situé le calvaire, ou sur le tumulus voisin qui est regardé comme l'un des vestiges les plus remarquables de ce genre en France. De là on voit s'étendre autour de soi, à des kilomètres de distance, un magnifique panorama fait de pentes douces et de gracieux vallons, de prairies vertes et de champs d'or, et parsemé çà et là de bouquets boisés, débris d'une de ces immenses forêts qui couvraient autrefois le sol de l'ancienne Gaule.

Il faudrait voir ce merveilleux tableau, embrasé, incendié par le soleil couchant. Alors les ors pâles et brunis deviennent roses, rougeâtres, pourpres; mille teintes indéfinissables flottent sur le paysage éthéré; le tout paraît illuminé, presque liquéfié par des lueurs chaudes, changeantes, qui semblent ne pas être de la terre.

Des souvenirs d'histoire se mêlent à ce coup d'œil ravissant. D'un côté où la vue s'étend, c'est-à-dire vers le bourg de Pellevoisin, nous sommes en présence de ce qui était autrefois un vaste champ de bataille. Vert et souriant maintenant, le XIIe siècle le vit trempé de sang. Car là combattaient Français et Anglais — Philippe-Auguste et Henri Plantagenet, deuxième du nom, — d'un côté pour s'arracher, de l'autre pour garder, cette partie du riche héritage qu'Éléonore d'Aquitaine avait apporté à la couronne d'Angleterre.

Dans un bois, un peu au delà de Pellevoisin, et qu'on distingue très bien des fenêtres du presbytère, il y a la *Petite Tuée* et la *Grande Tuée*, et le *Francosius*, et la *Fosse aux Anglais*, endroits dont les noms qui n'ont point changé depuis sept cents ans, nous apprennent que là des Français et des Anglais sont tombés en combattant. Philippe-Auguste termina la campagne par une brillante victoire à Palnuau, et deux ans après Henri II d'Angleterre mourut à Chinon, brisé par les chagrins et les revers.

Laissons le pittoresque et l'historique pour revenir au côté religieux de ce petit pays de Pellevoisin.

Le révérend Père Marie-Antoine, le saint capucin bien connu de Toulouse, y prêchant au pèlerinage annuel de 1894, prononça ces paroles que nous eûmes le privilège d'entendre :

J'ai eu le bonheur de faire les grands pèlerinages de Marie et de visiter ses plus illustres sanctuaires... Dans tous ces sanctuaires, j'ai senti la présence de Marie, dans tous, j'ai reçu d'inestimables faveurs, mais nulle part, à l'exception de *Saint-Jean in Montana*, je n'ai trouvé Marie aussi bonne, aussi aimante, aussi mère qu'à Pellevoisin. Nulle part ailleurs elle ne m'a aussi bien révélé le sens de cette parole de son cantique : « le Tout-Puissant a fait en moi de grandes choses. »

Au commencement du xxe siècle, le révérend Père J.-B. Lémius, alors supérieur des chapelains de Montmartre, conduisant à Pellevoisin un groupe de pèlerins de Paris, dont faisait partie Mme la comtesse d'Eu, s'exprima à peu près dans le même sens que le Père Marie-Antoine.

Depuis que les pages précédentes ont été écrites, un dernier mot est venu s'ajouter à l'histoire actuelle de Pellevoisin. C'est le décret du Saint-Office du mois d'août 1904 qui reconnaît, à propos de Pellevoisin, que son scapulaire du Sacré-Cœur et son archiconfrérie ont été approuvés, tout en constatant que de cette approbation n'en découle aucune approbation ni directe ni indirecte d'apparition, révélation, guérison ou grâces, réclamant relever de la dévotion en cause.

Puisqu'il semble que le décret en latin exprime mieux le sens véritable et exact du document que ne puisse le faire une traduction ordinaire, nous le reproduisons ici dans sa forme originale :

Illustrissimo ac Reverendissimo Domino
Domino Archiespiscopo Bituricensi

Romæ, ex Ædibus S. O.,
die 3ª Septembris 1904.

ILL^{mo} AC REV^{me} DOMINE.

In Congregatione Generali S. O. habita fer. IV die 31 Augusti p. p. expensis omnibus quæ ad Supremum hoc Tribunal delata sunt circa cultum B. M. V. vulgo « de Pellevoisin », Emi DD. Cardinales una mecum Inquisitores Generales decreverunt :

« Quamvis devotio Scapularis SS^{mi} Cordis Jesu et « adscriptio inter sodales Piæ Confraternitatis in « loco vulgo — Pellevoisin — a B. Virgine Matre « Misericordiæ nuncupatæ, probatæ sint : nullam « tamen ex dicta adprobatione sive directam sive « indirectam adprobationem sequi quarumcumque « apparitionum, revelationum, gratiarum curatio- « num aliorumque id genus quæ prædicto Scapulari « vel Piæ Confraternitati quovis modo referri vellent : « eos vero omnes, sive Sacerdotes sint, sive non, « qui libros vel diarios in vulgus edunt, sedulo cu- « rare debere ut adamussim, prout conscientia dictat, « sequantur normas in Const. Apª « Officiorum »

« præfixas : et qui verbo Dei prædicando incum-
« bunt, ut servent omnino præscriptiones Concilii « Lateranensis V et Tridentini Sess. XXV circa « prædicationem apparitionum et miraculorum ; et « Ecclesiarum, demum, Rectores qui ejusmodi Piam « Confraternitatem in propriis ecclesiis institui sta-« tuasque vel picturas B. Virginis sub prædicto « titulo — Matris Misericordiæ — dicari satagunt, « ut Regulis pro Scapulari SS^mi Cordis a Sacra Rituum « Congregatione statutis sine ulla restrictione in « posterum se conforment. »

Quæ dum cum Amplitudine Tua communico ut eorum plenam exsecutionem cures, fausta quæque ac felicia Tibi precor a Domino.

Addictissimus in Domino

S. Card. VANNUTELLI.

Un article qui a paru dernièrement dans une revue italienne, au sujet de Pellevoisin, emprunte le passage suivant à un théologien de haute valeur :

« Assurément, la dévotion au Sacré-Cœur, présentée à l'approbation de l'Église, était bien celle dont la B. Marguerite avait reçu le dépôt à Paray, et tous ceux qui la propageaient dans le monde catholique et jusqu'aux extrémités de l'Orient avaient pris à cette source leur mot d'ordre ; et cependant, dans les décrets qui approuvent juridiquement la dévotion, la Sacrée Congrégation des Rites a toujours voulu éviter de faire entendre qu'elle dépendait de l'authenticité des révélations faites. »

Un ecclésiastique en vue, supérieur d'une maison religieuse à Rome, écrivant dans la *Voix de Marie* du 1er octobre 1904 et sous le nom de *Servus Mariæ* s'exprime ainsi concernant le récent décret:

« Tous les mots de ce document important sont pesés, mesurés, calculés: c'est admirable de sagesse et de prudente réserve. Tous les droits et tous les devoirs des pieux fidèles y sont tracés avec précision. »

Et plus loin, de la même plume nous lisons :

« Le Décret actuel, qui touche Pellevoisin, est donc absolument dans la tradition de l'Église, en ces matières, et il est en parfait accord avec le Décret de la Congrégation des Rites du 12 mai 1877, à propos de Lourdes et de la Salette. »

« Ejusmodi apparitiones seu revelationes neque approbatas neque damnatas ab Apostolica Sede fuisse sed tantum permissas, tanquam pie credendos fide solum humana, juxta traditionem quam ferunt, idoneis etiam testimoniis ac monumentis confirmatam. »

Ces paroles sont parfaitement d'accord avec celles du savant Jésuite, le R. P. Braun, sur le même sujet. « Rarement, dit cette autorité, l'Église porte un « jugement doctrinal sur les faits qui n'intéressent « pas le dépôt de la foi. Avant le procès de canoni- « sation des saintes Brigitte, Françoise Romaine, « Thérèse, de la bienheureuse Marguerite-Marie, « avant l'institution de la fête de la Médaille miracu- « leuse, on chercherait en vain des jugements cano- « niques sur leurs visions. Et pourtant ces visions « étaient déjà entrées dans le domaine des pieuses « croyances catholiques. Même absence de recon- « naissance officielle des apparitions qui ont donné

« naissance à tant de pèlerinages dans toute la « chrétienté. »

Enfin, il y a de quoi contenter les amis de Pellevoisin. Rome reconnaît par décret que leur scapulaire du Sacré-Cœur et leur archiconfrérie siégeant à Pellevoisin sont officiellement approuvés. Par conséquent,la dévotion qui ressort de ces deux faits, le scapulaire et l'Archiconfrérie, a le champ libre à la seule condition de rester dans les règles canoniques. C'est énorme ! Rome, en plus de temps, n'en avait pas fait autant pour la cause de Paray-le-Monial.

Désormais, que les critiques le veuillent ou non, le Fait de Pellevoisin, entre catégoriquement dans l'histoire depuis 1876. Ce décret romain l'a immortalisé. Car pour peu qu'on soit renseigné sur le sujet, on sait que sans le Fait de Pellevoisin personne n'aurait entendu parler ni du scapulaire du Sacré-Cœur ni de l'Archiconfrérie de Notre-Dame de Pellevoisin, ce même Fait de 1876 étant la *cause occasionnelle* de leur existence, pour nous servir de l'expression employée à ce sujet par Mgr Servonnet, l'archevêque actuel de Bourges.

Nous sommes porté à appliquer à la matière que nous traitons un argument tiré d'un livre intitulé *The Heart of Jesus* (Le Cœur de Jésus) écrit, il y a plus d'un demi-siècle, par le Révérend J.-B. Dalgairnes, de l'Oratoire, un des grands convertis de l'Anglicanisme au dernier siècle. Ce prêtre écrivain nous fait entendre que les dévotions populaires ne viennent pas en premier lieu de Rome au peuple mais montent du peuple vers Rome. C'est précisément ce mouvement agissant parmi les humbles et les simples, qui a caractérisé dès le commencement la dévotion à Notre-Dame de Pellevoisin.

En présence de certains faits actuels, on pourrait se demander quel sera l'avenir de cette dévotion. La réponse à une pareille question se trouve déjà dans ces paroles prononcées par M. l'abbé Pierre Bauron au Congrès Marial de 1900 : « Les foules se rendront à Pellevoisin de toutes les parties du globe, en flots plus abondants qu'à la Salette et à Lourdes. Là, les promesses de Paray-le-Monial deviendront une tangible réalité. »

. . . .

Cette prédiction fut énoncée en 1900. Alors, au moment où l'on chassait les Congrégations de la France, Pellevoisin se trouvait aussi sous le coup d'une cruelle épreuve. L'orage grondait, et ses fidèles n'avaient qu'à attendre et espérer.

Quelques ans se sont passés. L'attente patiente de jadis porte son fruit et l'espérance s'épanouit de nouveau.

La chapelle des Apparitions est ouverte aux fidèles et les offices imposants du grand pèlerinage du 9 septembre sont présidés chaque année par Monseigneur l'archevêque de Bourges. Les pèlerins accourent de plus en plus nombreux, et la dévotion à Notre-Dame de Pellevoisin s'affirme hautement un peu partout. Une belle église lui a été tout récemment dédiée à Lille qui fut solennellement bénite par Mgr Delamaire, archevêque-coadjuteur de Cambrai, en 1911. Le scapulaire du Sacré-Cœur se répand à profusion de ville en ville, de pays en pays, proclamant le double fait de son origine à Pellevoisin en 1876 et son approbation par Décret Romain en 1900.

Parmi les faits remarquables, relevant de Pellevoisin dans ces derniers temps, nous signalons une guérison qui a eu lieu le 9 septembre 1911 à l'époque du pèlerinage annuel. Il s'agit de Mlle Violette Choimet, une jeune personne arrivée de Nantes.

Rongée par la tuberculose, sa maladie de poitrine touchait au dernier degré. Elle avait été plus ou moins malade depuis trois ans. Se vouant à la vie religieuse, elle était entrée en 1910 au couvent du Bon Pasteur à Angers, mais son état de santé l'obligea de s'en retirer presque aussitôt. Elle se dirigea ensuite vers le couvent des Bénédictines de Lisieux où elle avait deux sœurs, religieuses. C'était dans l'espoir que ce changement d'air apportât quelque amélioration à sa santé.

Lisieux !... Le nom seul évoque un souvenir exquis — celui de la sœur Thérèse de l'Enfant-Jésus, morte en odeur de sainteté au Carmel de Lisieux en 1797, mais qui avait aussi vécu au couvent des Bénédictines de cette ville. Elle y avait fait une partie de ses études et sa première communion. Son souvenir y reste dans tout son parfum, elle y est invoquée à tout instant. Comment Mlle Choimet, qui s'y réfugiait au mois de décembre 1910, pouvait-elle résister à une telle influence? Sans aucun doute elle a dû beaucoup invoquer la sœur Thérèse de l'Enfant-Jésus. Mais le séjour à Lisieux ne l'a point guérie. N'importe ! — disons plutôt tant mieux ; l'honneur de la guérison était réservé à Pellevoisin. Le D[r] La Neele qui la soignait quand elle était chez les Bénédictines, lui trouva les deux poumons atteints de tuberculose.

Elle rentra dans sa famille à Chantenay-Nantes pour retomber de plus en plus malade.

Au mois de mars 1911 on lui offrit un scapulaire du Sacré-Cœur dont elle se revêtit. Aussitôt, une amélioration sensible se produisit dans sa santé et dura un mois. Ensuite elle retomba dans son état physique précédent. Mais une grâce lui restait, intimement associée au port du scapulaire. C'était la conviction que si elle allait à Pellevoisin elle y serait guérie. En attendant, elle devenait de plus en plus malade, offrant tous les signes de phtisie galopante, selon la parole de son médecin, le Dr La Neele. Elle arriva à Pellevoisin le 8 septembre, en apparence plus morte que vivante. A ce moment, elle désirait intensément obtenir sa guérison.

C'était, ainsi qu'elle le disait plus tard, afin de pouvoir, comme religieuse du Bon Pasteur, sauver beaucoup d'âmes. Le lendemain, jour du grand pèlerinage, la malade assista à la messe dans la chapelle des Apparitions et communia. Que se passa-t-il alors chez elle? Sa guérison s'opérait-elle? Non point; mais il s'effectuait quelque chose de peut être plus précieux. Les désirs intenses de recouvrer la santé qui l'avaient animée la veille, paraissent l'avoir abandonnée, et elle fit un acte d'abandon complet à la volonté de Dieu prête, comme elle disait après, à Le bénir s'Il la guérissait par sa divine Mère : prête à Le bénir encore s'Il ne le voulait pas ainsi. Y a-t-il ici un parfum de couvent de Lisieux? Est-ce que la Sœur Thérèse de l'Enfant Jésus lui inspirait cet acte de complet abandon? — elle qui, à la fin de sa vie de séraphin sur la terre, ne savait rien faire de plus parfait que de pareils actes d'abandon. Il y a pour nous quelque chose de très suggestif dans cet acte d'abandon de la part d'une malade qui était sur le point d'être merveilleusement guérie.

La grand'messe se célébrait en plein air.

On priait à l'intention de Mlle Choimet. Pour raconter la merveille qui s'opéra en elle, laissons-lui la parole telle que la rapporte le *Bulletin de l'Archiconfrérie de Pellevoisin* dans son n° du 15 avril 1912. « A l'élévation, dit-elle, je me mis à genoux, et je fus saisie d'un tel recueillement que la foule disparut complètement pour moi. Que se passa-t-il en moi à ce moment? Je ne saurais le définir au juste; mais quelques secondes après l'élévation la foule entonna le *Magnificat* et ce fut au premier mot de ce *Magnificat* qu'une main invisible (tel est l'effet que cela me produisit), sembla me toucher légèrement en me disant : « Va, tu es guérie! » et au même instant cette certitude pénétra au plus intime de mon âme. Aussitôt un grand frisson traversa tout mon être qui sembla se redresser de lui-même, et alors je sentis la vigueur revenir dans tous mes membres. » Il n'y a rien à ajouter à ce récit, ni rien à y retrancher : il est parfait de simplicité et de précision. Le fait qu'il rapporte nous paraît empreint d'une touche divine.

L'infirme, la voûtée, la quasi-mourante, se redressa et regagna tout d'un coup les conditions de parfaite santé. En effet, à partir de cette heure Mlle Choimet se trouvait complètement guérie.

Des deux certificats délivrés par le Dr La Neele de Lisieux, nous reproduisons le dernier seulement, comme résumant le sens du premier.

« Je soussigné, déclare comme complément du certificat que j'ai délivré le 23 janvier 1912 à Mlle Vio-

lette Choimet, que quand, en 1910, je vis pour la première fois cette malade, je la considérais comme perdue ; ses deux poumons étaient pris de phtisie galopante ; que je l'ai soignée quelques mois sans espoir de la guérir, et que quand je l'ai revue en janvier dernier je l'ai trouvée guérie.

L'induration du sommet qu'elle conservait encore à cette époque doit être considérée comme un reste de cicatrice qui prouve la gravité de l'état précédent. »

Lisieux, le 23 mars 1912

Dr La Neele.

Le certificat suivant est venu confirmer les précédents. Il est délivré par M. le Dr Armand Bahuaud, chef des travaux d'anatomie de l'École de médecine de Nantes.

« Je certifie que Mlle Violette Choimet présente actuellement à l'auscultation des poumons, des traces de lésions guéries. On ne trouve aucun rôle, ni signes de lésions en activité. L'appétit est bon et les forces paraissent suffisantes; sans être robuste, cette jeune fille paraît apte à entrer dans la vie religieuse. »

18 février 1912

Dr A. Bahuaud.

Cette guérison nous paraît un joyau digne d'être enchassé dans la couronne de faits éclatants qui auréole déjà la Mère toute miséricordieuse, Notre-Dame de Pellevoisin.

Puisse arriver le jour prédit par Mgr. P. Beauron au Congrès Marial de 1900, où les foules se rendront à Pellevoisin nombreuses comme à Lourdes et à La Salette, et où les promesses de Paray-le-Monial, « deviendront une tangible réalité ».

La matière constituant les cinq dernières pages de cette brochure, n'est pas comprise dans les deux *imprimatur* en tête.

BERNARD St JOHN.

7 août 1912.

MAYENNE, IMPRIMERIE CHARLES COLIN

www.ingramcontent.com/pod-product-compliance
Ingram Content Group UK Ltd.
Pitfield, Milton Keynes, MK11 3LW, UK
UKHW020325250726
13967UKWH00004B/1870

9 782011 928313